自分で名付ける

松田青子

JN018960

集英社文庫

目次

自分で名付ける

1章

「妊婦」になる

結婚しないまま、二〇一九年に子どもを産んだ。

私は、日本では、結婚すると女性の名字が変わるのが常々納得いかなかった。制度上はどちらの名字を取ってもいいと言われているものの、現状名字を変えているのは九割以上が女性側であるらしい。九割以上て。ほとんど全員じゃんか。そんな状態では、選択する権利はないに等しい。

妊娠中の情報収集に、よくSNSの育児アカウント（この世で最も尊いものの一つ）を徘徊《はいかい》していたのだが、ある時インスタグラムの育児アカウントで女性たちが、子どもの名付けについて話しているのを目にした。

女の子は結婚したら名字が変わるから、姓名判断で字画を気にしても仕方ないね、そうだよねというやりとりで、きっと彼女たち自身も、名字が変わることを受け入れた（受け入れるしかなかった）のだろうと察せられた。この連鎖はどこまで続くのだろうと考えると、悲しくなる。もちろん名字を変えたい女性を否定するつもりは微塵《みじん》もない。私が大切だと思うのは、各々の生き方に合った選択をするのが、当たり前になることだ。

この社会は、結婚すると女性側がそれまでの名前の半分を失うのを当たり前のことにしてきた。パスワードを忘れた時の「秘密の質問」に、「母親の旧姓は？」という項目が疑問を持たれずにいつまでも設定されていることだけでも、それがわかる。

そういえば、この前『ハスラーズ』を見た。ストリッパーとして生計を立てている女性たちが、搾取する側であるウォール街の男たちから金を欺《だま》しとった現実の事件を元にしたアメリカの映画だが、その中でも、薬入りの酒で酩酊《めいてい》状態にある男たちからクレジットカードの「秘密の質問」を聞き出そうとする時、「お母さんの旧姓は？」と言っていた。日本のように強制的にどちらかの名字を選ばないといけないわけでもないアメリカでも、今現在はどうだか知らないが、映画の舞台である二〇〇〇年代にはこういう質問が生きていたということに驚いたし、監督・脚本のローリーン・スカファリアはおそらくわざとこの質問を使ったのではないかと感じた。

現状だと、日本の女性が結婚後も名字を変えたくなければ、相手や相手の家族から了承や理解を得なければならない。時には自分自身の家族からも。そして、もし受け入れてくれたとしたら、相手側は〝理解ある男性〟として、賞賛されたり、同情されたりする。

女性側は名字が変わっても、同情されることもないし、賞賛されることなんてあり得ない。それは当たり前のことだからだ。もちろんこの世界にはいつだって例外はあるけれど、これまではだいたいの場合、これがスタンダードとされてきたのではないだろうか。そして、名字の問題が解決せず、相手への気持ちが変化したり、破談になったり、泣く泣く女性側が自分の名字を諦めたりした話も何度も聞いてきたし、目にしてきた。私は〃理解ある男性〃なんて恩着せがましくて嫌だったし、相手に名字を変えてもらうのも嫌だったし、結婚しないことで生じる面倒くささより、結婚することで生じる面倒くささのほうが、どちらかというと納得いかなかった。

(結婚することで生じる面倒くささとは、日常生活の中でたとえばわかりやすいところだと、パスポート、クレジットカード、銀行口座など、様々な名義の書き換えなども含む。しかも、パスポートに至っては名義変更は有料だ)

なので、婚姻届を出さなかった。

あと、夫婦別姓ができたら結婚したいのかも現段階ではよくわからない。戸籍、というものの強い感じが苦手だ。強そうに、えらそうにしやがって、と思う。

ちなみに、この頃、一応相手にもどういう気持ちか尋ねてみたが、

「私は名字を変えるつもりない」

「そうだよね」

「そっちはどう?」

「ぼくもそうかな。自分の名字結構気に入ってるから」

「そうだよね」

と、短い会話で済んだ。それ以上、特に話し合いたいこともなかった。

妊娠中に、相手の母親にあたる人（私は名前で呼んでいる）にはじめて会った際に、子どもの名字は私の名字になるんだよねと聞かれ、

「あ、はい」

と答えた時も（結婚しない場合、こちらから申し出ない限りは、子どもの名字は自動的に母親の名字になる）、

「オッケー」

の一言で、その話題は終わった。

それで不便もなく暮らしていたのだが、子どもができると、そこから次第に不思議なことが起こりはじめたので、そのことについてまずは書きたい。

二〇一八年七月の終わりに妊娠がわかったので、区役所に母子健康手帳をもらいに行った。

用紙に必要事項を記入して呼ばれるのを待っていると、私の番が来た。

担当してくれた区役所の女性は、ミッフィーの絵が描かれた手帳とともに、妊娠中や出産後の手引き書みたいなのとか病院で使うクーポンとか役に立つらしいものを、カウンター越しに手渡してくれた。母子健康手帳は区によってつくりが違い、採用されてい

る表紙のイラストも違うので、ミッフィーでよかったなと思いながら、渡されたいろいろを私が興味深く見ていると、

「ところで、名字が変わられるご予定はありますか？」

と係の女性が突然言った。

見ると、彼女の目は私が渡した書類の上で留まっていた。

「あ、どうでしょう、わからないです」

ない、と即答すればよかったのだが、なぜそう聞かれたのかわからなかったこともあり、思わずそう言うと、

「そうですか、じゃあここに名前を鉛筆で書いてください」

と彼女は表情を変えずに、母子健康手帳の表紙の下のほうにある、名前を書く欄を指差しながら、私に鉛筆を手渡した。

「あ、はい」

よくわからないまま、私は言われた通りに鉛筆で名前を書いた。

それを見て彼女は静かにうなずいた。私はそのまま母子健康手帳とその他の役に立つらしいものを持って帰った。

数日後、いろいろサポートするべく母が東京に来てくれていたので、母子健康手帳をもらった話のついでに、名前を鉛筆で書けと言われたことを、深く考えないまま話した。

妊娠・出産の分野はあまりにも未知のことで、おっしゃる通りにいたしますという気分で臨んでいたので、私の中には軸と呼べるものがまだできていなかった（そしてその軸をつくってくれたのが、SNSの育児アカウントで、情報や気持ちを惜しみなくシェアしてくれていた、会ったことのない、これからもきっと会う機会のない女性たちだった）。

母は心底あきれたように、

「あんた、何言われたまま鉛筆で書いてんの。そんなもん、ボールペンで書けばいいでしょうが」

と言った。

「今すぐボールペンで書き直したらいい」

と母は続け、言われてみればそうだなと私も思ったので、新刊にサインを書かせてもらう時などのために常備していた、名前書きに特化した「なまえペン」を机の引き出しから出し、区役所でほいほい書いた鉛筆の名前を消しゴムで消した。

そして、そのペンで自分の名前をもう一度書いたのだが、柔らかいクリーム色と黄色を基調とした表紙はつるつるした素材の紙が使われていたので、消しゴムをかけた部分だけが白くはげてしまい、名前の下でそこだけ目立つ。なので、見るたびに、いまだに、区役所での出来事を思い出す。名字が変わる予定があるかと聞かれたことと、だったら鉛筆で名前を書くようにと言われたことと。

どうして後になってこんなにこの出来事が気になるのだろうと考えてみたところ、もし結婚するのなら、名字が変わるのはおそらく女性側だろうという相手の考えが伝わってきたこと以上に、こちらに選択肢があるような話し方ではなかったからだと思い至った。「お相手と結婚し、名字を変える予定があるのなら、念のため鉛筆で書いておいてはどうですか?」といった言い方をもし彼女がしていたならば、私が受けた印象も少し違った気がする。私の察しが悪かったせいもあるだろう。でも、自分の名字は場合によっては、鉛筆書きになってしまうものなのだ、〝仮〟のものなのだ、という〝発見〟には虚をつかれるものがあった。厳密に言うと、〝仮〟のものだと他者に思われているのだ、のほうが近い。自分はそんなことないと思っているのに、周囲にあなたの体、半分透けてますよ、と言われるような。

あと、最近になって思い出すのだが、同じ時にもう一つ気になることがあった。

住民票の発行も同時にお願いしたのだが、私の住所を見た彼女は、

「ああ、あそこですか。あの場所、よくわからないのですが、ちょっとご説明いただけますか」

と言い、奥から地図を持ってきた。なんて呼ぶのかわからないが、住宅一つ一つの上に今現在住んでいる人の名字が書かれたなんかすごく詳しそうなやつを。

彼女がよくわからない、と言うのは理解できた。細かく書くと長くなるのでざっと説明すると、我々が借りて住んでいるのは、大きな、ザ・日本家屋の、おそらくかつては離れとして建てられた一軒家だ。完全に独立した建物なのだが、これもおそらくかつてはザ・日本家屋の家族か親類あたりが住んでいたせいか、壁の一部がくっついていて、つまり住所としては同じなのだ。

敷地内には、ザ・日本家屋と我々の家が共用できる、外から見えない中庭があり、これは中央に申し訳程度の木の柵がつけられ、二等分されている。ただ隣の家の猫は自由に行き来しているし、猫が見つからない時は、隣の家の人たちも捜しに入ってくる。

借りる時は気づきもしなかったが、庭には梅の木と柿の木があり、初夏になると梅の実がたくさんなるので、はじめの年は梅酒をつくり、二年目は母が梅シロップや梅干しをつくった。柿の実もなるが、我が家の人間は誰も柿が好きではないので、鳥たちがきれいに食べ尽くしている。いろんな種類の鳥がやってくるので壮観だ。

件《くだん》の、隣とくっついている壁がある部屋は音が響くのでできれば書庫として使用してほしい、と借りる前に不動産屋の人に念を押された（物件情報の間取図でもその部屋は「書庫」と書かれていた）。我々はこの家を面白いと思ったし、書庫として使うように、なんてボーナスステージでしかなかったので住んでいるが、神経質な人は住めないかもしれない。住所が同じだと郵便物はどうなるのか不思議だったので不動産屋の人に聞いたところ、それは大丈夫です、との答えで、実際、大丈夫だった。ウーバーイーツの人たちはたまに混乱して、隣の家のインターフォンを押しそうになっているので、よくそこで待ったをかける。

もともと離れなのですが、隣の家とくっついているんです、と私が説明すると、

「じゃあ、シェアハウスですね」

と係の彼女は言った。

シェアハウスは同じ建物を共同で使うということだから違うかなと思い、

「あ、違います」

と言い、もう一度説明したのだが、

「じゃあシェアハウスですね」

と彼女はもう一度言い、その詳しい地図に「シェアハウス」と書き込んだ。

まあ、いいかと思い、そのままカウンターを離れたのだが、住民票を待っている間に、私の適当な一存で間違いが記録に残ってしまったら、今後同じ場所に住む人たちに何か迷惑がかかるかもしれないと不安になってきたので、住民票の用意ができて別のカウンターに呼ばれた際に、さっきのやりとりを話し、あれは間違いですと伝えた。さっきとは違う係の人は、そうですかと、あの詳しい地図をもう一度出してくると、「シェアハウス」の文字をきれいな二重線で消した。

この出来事をなぜ思い出すのかといえば、〝シングルマザー〟になろうとしている女性が住んでいるのは、一軒家じゃなくてシェアハウスだろうと、相手に先入観があったのかなと、ある時ふと思いついたからだ。そうだったのかもしれないし、そうじゃなかったかもしれない。わかりようもないけれど、とりあえず覚えている。

母子健康手帳を手に入れたのと時を同じくして私はつわりに突入し、お腹《なか》はどんどん大きくなっていった。

臨月になり、八ヶ月にわたり通い続けた病院で、一枚の紙を差し出され、バースプランを書くように言われた。

バースプランの用紙には、出産する女性たち一人一人が満足できるお産になるよう、できる限りのことをします、との病院側の優しい宣言とともに、何か特別にしたいことがあれば書き込む欄があったり、アロマやＢＧＭの有無などが問われていたりしたが、私は無痛分娩《ぶんべん》である限りはなんであろうと満足ですと、ただそれだけに重きを置いてここまで来ていたので、突然もっと自我を持て！　と促されても、マジでわからん、とぼんやりし、ほとんど白紙で助産師さんに手渡した。

スカスカのバースプランに目の前で目を通した助産師さんは、これではあまりにもと思ったのか、アロマはどうですか？　音楽はどうですか？　出産後すぐにご家族で写真は撮らなくていいですか？　と口頭でまた確認してくれ、私の、まあ、あったらうれしいのかもしれませんが、どうなんでしょう、想像がつきません……そうですね、撮ったほうがいいのかもしれません……（無痛分娩であればなんでもいいです）……、という消極的な返答にうなずきながら、すべての項目に丸をつけてくれた。そして、「出産の際、お相手の方はなんとお呼びすればいいですか？　パートナーさん？」と言った（私の書類は、母親、父親が違う名字なので、結婚していないことは一目瞭然なのだろう）。

なんと呼ぶべきなのか自分でもわからなかったので、

「あ、えっと、なんでもいいです」

と答えると、彼女はうなずき、何事か書き込んでいた。

（私はいまだに相手をどう呼べばいいのかわからない。家では名前で呼んだり、名字で呼んだりしているが、外で説明する時にいつも逡巡《しゅんじゅん》する。助産師さんが言ってくれたみたいな「パートナー」は英語の時は便利だ。もともと限られた英語力を使って話すので、単語や表現の選《よ》り好みをしている場合じゃなくなり、何の葛藤もなく使うことができる。通じることイズマイベスト。でも、日本語だとどうも落ち着かない。困って、子どもの父親担当の人、とか、結婚はしていないけど位置づけ的には夫にあたる人、とか、一緒に住んでいる人、とかその時々でまだるっこしいフレーズを生み出していて、それはもう夫でいいんじゃないかとこの前友人にも言われたのだが、どれもしっくりこないのだ。ただ、もし私が結婚していたとしても、しっくりきていない気もする。本人同士は、いちいち相手を夫だの妻だの考えながら生活しているわけではないのだから、人に話す時だけ不便だ。今、書いていても不便なので、本人になんと書かれたいか聞いたところ、「じゃあ、Xで」とのことだったので、この本の中ではXと呼ぶことにする。さらに言うと、自分のことも普段、妻とも、母とも思っていない。それと、誰かと暮らしたり、子どもを大切にしたりすることとは、そんなに関係ないことのような気がする。今のところ、それらの〝肩書き〟があるからそうしているのではない、実感として。でも外で、たとえば病院などで「お母さん」と呼ばれれば、それは紛れもなく私なので、「はい」と答える。そこに矛盾はない）

その時、一つ思ったのは、結婚していないから、何か事情があるのだろうとある意味〝深読み〟してくれて、Xをどう呼べばいいか確認してくれたけれど、もし「普通」に結婚していたら、こんなことは聞いてもらえないんだろうな、ということだった。結婚していても、どう呼んでほしいかは、それぞれ違いそうなものなのに。結婚していれば、問題がないとみなされ、定型の呼び方でよいことになってしまうのも少し気になる。

その後、バースプランの用紙から顔を上げた彼女は、結婚していない場合は、出産時に万が一私の容体が急変し、集中治療室に移動した際に、お相手の方に状況をお伝えすることができませんがよろしいでしょうかと、急に改まった調子になって言った。我々は、書類上、家族ではないからだ。これが噂《うわさ》のやつか、と思いながら、当日は私の母もいてくれることになっているので大丈夫です、と答えた。

帰ってから、そのことをXに伝えると、もともと深刻に考えるタイプではないので、

「あ、そうなの、オッケー」という言葉が返ってきた。

私の出産時、助産師さんたちがXの名前を呼ぶことがそんなにあるのだろうかとちょっと不思議でもあったのだけど、いざその日を迎えて、なだれ込むようにすべてがはじまると、段階的にその意味がわかってきた。

無痛分娩でお願いします

2章

私は子どもを産むならば、どうしても無痛分娩がよかった。

出産は、痛いものだとされていた。痛いのは嫌だった。痛いほうがいい人はいないだろう。

なので、以前区の健診などで何度か診てもらったことのあった婦人科の医師の、「妊娠してますね」の後に続いた「この辺の産婦人科だとおすすめは……」という言葉を聞いて、開口一番私が放ったのは、「無痛分娩でお願いします」だった。

「無痛分娩がいいんですね」

と医師が渡してくれた小さいプリントには、近辺の産婦人科が一覧になっていて、無痛分娩が可能かどうかの欄もあり、私は「無痛○」と書いてある病院から選べばいいのだった。

無痛分娩は、海外では半数の女性が選択している国もあるそうだが、日本ではまだまだ一般的ではない。

自然分娩が自然なら、無痛分娩はある意味〝不自然〟分娩ということになる。「子どもはお腹を痛めて産むもの」「お腹を痛めて産んでこそ子どもを愛せる」といった言説も、いまだに目にする。そのせいで、周囲の理解がなく、自然分娩を選ばざるをえなかった女性もいただろう。費用が高額で、設備がある病院が少ないから無痛分娩が少ないのか、それともそういった偏見がまかり通っているから病院が少なく、費用も高額のままなのか。重大な事故につながるケースもあるので、よく考えて病院も選ばなくてはいけない。

そういうわけで、無痛分娩ができる病院自体が限られているし、値段はそれぞれ違うが高いことには変わりがないので、無痛分娩をやっている病院をネットで検索すると、セレブ病院に分類されるような、人気のある産院がいくつもヒットした。

そういう産院についてネットで調べてみると、一般的な目安よりも厳しい体重制限があって、それより太ると即転院させられると有無を言わせぬ調子で書かれていたり、持病によってははじめから断られることもあるようで、病院の値段とは別に、妊婦は選ぶ側ではなく、病院に選ばれる側であるのだと含みが伝わってきて、ちょっとこの感じは私には向いていないと思った。

個人経営の産院の場合は、自分たちができる範囲で、しっかり安全にお産ができるケースだけを引き受けないと大変なことになるので、もちろん彼らは慎重に選ぶべきなのだけど、そこの基準をはみだしたら即転院と言われるだけで私はもうプレッシャーを感じたし、値段も一回の出産にこんなに費やしていいのだろうかと躊躇《ちゅうちょ》するぐらいだった。ある時突然、あれ、私、今なら子どもを育てられるな、と思い至り、子どもをつくることにしたものの（「子どもをつくる」ってなんだか工作みたいだが）、調べてみると当時三十八歳の私は高齢出産に分類されていたので、きっとすぐにはできないに違いない、長い目で見ようと考えていたら、二ヶ月で妊娠がわかったため、金銭的に備える暇もなく不安があった。

また、出産時の妊婦の容体によっては、最寄りの大きな病院に移送しますとも書かれていたので、ならばはじめから大きな病院にいるほうがいいのではないか、と思った。

隣町にある、こちらも明らかに富裕層を狙ったえらく近代的なデザインの、高級ベッド、産後エステ、豪華な食事などを揃《そろ》えた産院のホームページには、付き添いは「ご主人様のみ可能です」などと書かれていて、ここも値段どうこうの前に、「ご主人様のみ可能です」という、様々な可能性をはじいたワードチョイスに、なんか無理、とちょっと引いたりしていた。

そうやって、いろいろと調べた結果、選んだのはS医療研究センターである。母親と子どもにまつわる周産期の医療全般を網羅していて、高齢出産や持病があるハイリスクの妊婦もどんどこいと積極的に受け入れている、半端ない安心感を備えた病院だったからだ。

無痛分娩もやっていて、全体的に、セレブ病院よりは納得のいく値段だった。最初の診察の日、病院を見てみたいとついてきた私の母が、それについては特にそこまで心配していなかった娘の横で、担当してくれた明らかにベテランの女性医師に「高齢出産なんですけど、大丈夫でしょうか？」と聞いたところ、「ええと、三十八歳？　ああ、もう全然大丈夫、たいしたことない、ここに来る人もっと上の人いっぱいいるから」と、なんでもないことのように片手を振る姿にも頼もしさがあった。あのお医者さんいい、すごくいい、と二人で惚《ほ》れ惚《ぼ》れしながら帰った。

S医療研究センターでは、妊娠後期になると無痛分娩クラスを必ず一度受講することになっていた。予約した日に行くと、大きな部屋に長机が並べられていて、同時期に出産を予定している女性たちがずらっと座っていた。付いてきている男性も少なくなく、妊娠期間中、健診にマタニティクラスにと頻繁に病院に足を運ぶ私のほうは妊娠・出産関連の新しい情報をどんどん蓄えていくのに、Xはそうではないことが気になっていたこともあり、ハッ、連れてきたほうがよかったのか、と一瞬後悔したが、まあ、いいかとすぐに思った。

その後、マタニティ後期クラスには二人で参加した。女性と男性がグループに分かれ、それぞれ「出産中、夫にしてほしいこと」「出産中、妻にしてあげたいこと」を話し合って発表するというアクティビティがあったのだが、当然盛り上がるはずもない粛々とした時が流れるなか、少し離れたところで輪になっている男性グループの中で、Xが妙に饒舌《じょうぜつ》に話しているのが目に入り、あれは一体、と訝《いぶか》しく思っていたところ、終わってから聞いてみると、全然誰も話さないので一人一人に会話を回していた、との返答で、おまえはなんなんだ、とあっけにとられた。

コロナ禍の前で、女性はみんなマスクをしているのに、男性は誰もマスクをしていなかったのが心に残った。私もしていなかったので、慌ててマスクをした。この時見た、病院が制作した、陣痛がはじまってから出産までの流れをまとめた映像の中で、陣痛がはじまりましたと病院に電話をかける妊婦役の人が、冷静な調子で開口一番「いつもお世話になっております」と言い、こんな時に「いつもお世話になっております」と言う余裕や必要があるのだろうかと驚いた私は、帰りのバスの中でいつまでも「いつもお世話になっております」のことを考えていた。

無痛分娩のクラスでは、無痛分娩の仕組みや出産当日に向けた準備などを、医師と助産師が話してくれた。

勉強になったのは、無痛分娩といっても、完全に痛みがなくなるわけではないという話だ。痛みのスケールが、自然分娩だと八から十になるが、無痛分娩だと一から三くらいになる。医師の感覚だと、無痛分娩より、「鎮痛分娩」のほうが近いらしい。また、無痛分娩だといきむのが難しいので、分娩自体が一時間くらい長くなると言われたが、私としては、痛みが緩和されるなら、一時間くらいなんだろうかの気分だった。

　それまでまったく知らなかったのは、子宮口が開いてから、麻酔をかけることだ。アメリカやフランスなど無痛分娩がわりと一般的な国の映画やドラマの出産シーンを見ていて、なぜ女性がこんなに苦しそうなんだろうと常々不思議だったのだが、それは子宮口が開く前だったからか、と腑《ふ》に落ちた。もちろん、女性が苦しんでいないと映像上ドラマティックさに欠けるからというのもあるはずだ。だいぶ前に見た、アメリカのドラマ『クレイジー・エックス・ガールフレンド』に、出産中クロスワードパズルをしながら待っていた女性が、「ドラマで見る妊婦は泣き叫びながら夫を殴ってる」と言われて、「男が脚本を書いてるからだ。麻酔で何も感じない」「麻酔さえ打てば出産は最高」と返す場面があって、どこの国でも、出産は痛くあるべきもの、とする固定観念は同じなんだなと思った。

　かつてアメリカでは五センチから六センチぐらい子宮口が開いてから麻酔をかけるのがスタンダードで、この病院でもそうしていたが、妊婦の体の負担を減らすために、ある頃からは二センチから四センチになり、今ではもう一センチでいい、妊婦の気分次第、とも言われているそうで、医師としては二センチから四センチがおすすめとのことだったが、私は絶対に一センチにしようと思った。

　後日、私より数年前に友人の作家さんが出産したのが、偶然にも同じ病院だったことのがわかった。彼女にこの話をすると、私の頃は六センチ開くまで十何時間も苦しんだのにと本気でくやしがっていた（彼女には、出産・育児グッズは日進月歩で進化していくし、このように慣習も緩和されていくので、出産は遅ければ遅いほどいい、という持論があり、ある意味、確かにそうかもしれない。体にタイムリミットがあるし、これはばかりはどうにもならない事実だから、はやく産むようにとしか世間では言われないが、遅く産むといいことだってあるのだ。私の妊娠中はユニクロのマタニティラインもあり、ちょうど出産する三月に乳児用液体ミルクの全国販売が開始されたのだが、それもうらやましがっていた）。

この話を聞き、たった数年前で六センチ！　と怯《おび》えた私は、やはり説明では妊婦本人の気持ちが大事だと言っていても、いざとなったら四センチくらいになるまで待たされるのではないかと疑心暗鬼になり、本番で絶対に周りの空気に流されないぞ、と強く心に決め、心の中で流されないシミュレーションをしたりしていた。

出産予定日までちょうどあと一週間という日、妊娠後期は仕事に必死でほとんど人に会う余裕がなく、久しぶりに友人とお茶ができたうれしさで六時間くらい話してしまった。日付が変わるちょっと前に眠りについたのだが、明らかにいつもとは違う感覚があって目が覚めた。

起き上がってトイレに向かうはしから、水がじゃばじゃばと股から流れ出る。病院に電話をすると、前期破水だと思うからすぐに来いと言われ、奇跡的に前日に登録が完了していたマタニティタクシーを呼んでいると、ちょうどいいタイミングでXが帰ってきたので、到着したタクシーに二人でバタバタと乗り込んだ。

マタニティタクシーといっても、運転手の男性は偶然近くにいただけだったようで、とまどいながらトランクから座席に敷くシートを取り出す様子など特にこういった状況に慣れているわけではないのが事あるごとに伝わってきたのが、今思うと面白かったが、その時はそれどころではなかった。普段、タクシーを呼ぼうとしてもつかまらないことも多いので、マタニティタクシーのことも少し心配していたのだが、この時は本当に迅速に駆けつけてくれた。私は後部座席を独占し、助手席に座ったXと運転手のまったく弾まない会話を聞いていた。

病院に到着して診察を受けたところ、やはり前期破水でそのまま入院になった。

私は、病院から配られた出産のしおりに書かれている、陣痛がはじまったら間隔を測って、何分間隔になったら病院に向かう、という流れが複雑で、何度読んでも覚えられず、こんなのいざとなった時に冷静にできるだろうか、しかもその日が近づいてきたらわかるというが私に察知できるだろうか、と自分の能力を疑っていたので、一人ベッドに横たわりながら、前期破水してくれたおかげで逆にわかりやすかったなと安堵《あんど》したりしていた。

金曜の夜に入院したものの、土曜は陣痛がはじまらず、日曜に陣痛促進剤を投与され、出産することになった。

陣痛促進剤を投与される前から、少しずつ陣痛がはじまっていたのだが、もうこの段階でだいぶ嫌だった。あー嫌だな嫌だな嫌なのが来るな、嫌なのが来た、痛い、嫌なのが消えた、あー嫌だな嫌だな嫌なのが来るな、嫌なのが来た、痛い、嫌なのが消えた、の繰り返しで、痛いパートがもちろん一番嫌だが、あー嫌だなパートもじわじわ来るところが本当に嫌だった。

そして、陣痛促進剤を投与されてからは痛さがあっという間に強くなった。担当してくれた助産師さんによると、自然分娩だと少しずつ陣痛が強くなっていくものだが、陣痛促進剤を使うと途中を飛ばして、いきなりマックスの痛みになってしまうそうだ。私が経験した痛みが、自然分娩で子どもを産んだ人にとってどの段階の痛みだったのかはわからない。時間の感覚も消失していたのでさだかではないが、分娩室に移動してからおそらく数十分ぐらい耐えたあたりで、私はすぐにギブアップした（もしかしたら一時間くらいは耐えたのかもしれないが、私にはわからない）。若い助産師さんが明らかに「え、もう」という表情になり、案の定、子宮口が何センチ開くまでもうちょっと様子を見ましょうと言い出したので、思った通りの展開やないか、と内心ギリギリしながら、いざとなると強く出られず、それからしばらく待っていたのだが、そこにこの八ヶ月、毎度健診を担当してくれていた医師が様子を見にやってきた。

担当といっても、この病院は完全シフト制で医師も助産師もたくさんいるので、私の出産する時間がちょうど勤務外になった彼は「ぼく、帰るんで～」のノリ（本当にこういうノリ）だったのだが、痛みでもう分娩台に座っていられず、床に降りて分娩台に寄りかかって耐えている私の、めちゃくちゃ痛いです、という一言を聞くと、「え、無痛分娩ですよね、さっさと麻酔打ってもらったらいいじゃないですか。これじゃ無痛の意味ないですよ」と断固とした調子で言い、しかし私の「じゃあ、先生、そう伝えてください」の言葉には、「それは自分で言ってください」と同じ調子で答えると、さくっと帰っていった。

戻ってきた助産師さんに、再び今すぐ麻酔がいいと息も絶え絶えに訴え、いよいよ麻酔をしてもらえることになったのだが、やってきた麻酔医の男性も、子宮口は今一センチくらいですと助産師さんが告げると、「え、もう」の表情になった。

何を見てもめちゃくちゃ痛いと書かれていた腰のあたりに注射針を刺される儀式も、陣痛のほうが私を殺《や》りに来ていたので、たいして痛みを感じなかった。

そして、麻酔が効いてくると、私は痛みから解放され、一気に平常モードに戻った。

正確に言うと、痛みが完全にゼロになってしまうとうまくいきめなくなるので、陣痛を少しは感じるよう麻酔の量が調節されていたのだが、さっきまでのえげつない痛みに比べたら、天国でしかなかった。痛みが強くなってきたら、これを押すともっと麻酔薬が出るから（ちゃんと出すぎないようになっている）と麻酔医からリモコンのようなものを渡され、私はしっかとそれを握りしめ、痛みが少しでも強まろうものならすぐ押した。

　余裕ができた私は、自分の出産の最中に、自然分娩で子どもを産む女性たちへの驚嘆と尊敬の気持ちでいっぱいになり、は〜みんなすごいよ〜、ということを主に考えていた。

　さっきの痛みが何時間も何十時間も続くなんて、本当にとんでもないことだ。拷問だ。自分は痛みに強いほうではないかとこれまで思っていたので、無痛分娩を希望しつつも、もしかしたら自然分娩でもいけるのかななどとのんきに考えてみたりしたこともあったのだが、とんでもなかった。絶対に無理である。それに、痛みに強いだの弱いだののレベルではない、これは。

　そして、前章の最後に書いた、医師や助産師が夫にあたる人のことを呼ぶタイミングがそんなにあるのかという疑問は、出産が進んでいく間に解決した。麻酔の針を腰に入れる時など、「旦那さんは一度外に出てください」と、問答無用で分娩室の外に出されるタイミングがあるのだ。

　Xは事前に、出産時に夫が付き添っていると、思う存分いきめないので付き添わないほうがいいと思う妊婦さんもいる、と経産婦の女性たちがざっくばらんに話しているポッドキャストを聴いたらしく、ぼくも付き添わないほうがいい？　と一度は言ったりしていたのだが、ちょうど出産の日が日曜日だったこともあり、病院にいることができてしまったものだから、外に出ろと促されたついでに途中、待合室で仕事をしたりしつつ（私の母はずっと分娩室にいた）、そのまま「現場」としか形容できない、バタバタとした雰囲気にのまれ、結局最後まですべて見るはめになっていた。

記憶が曖昧だが、いよいよお産が本格化してきた頃に、呼び戻したほうがいいのではと助産師さんに言われ、自分は恥ずかしいかもな（今思うと、何が恥ずかしかったのかよくわからない）、どうしようと一瞬逡巡したのだが、何しろ珍しい瞬間であることには違いないのだから、Xも見たほうがいいのではないかと思い、待合室から呼び戻したような気がする（ちなみに、お産に立ち会った感想を後で聞いたところ、「思ったよりグロくなかった」「（私が）大変そうだった」とのことで、どうやら怯えていたらしい）。

そして、無痛分娩でとんでもない痛みから解放されたはずの私の出産は、結局、なんだかんだで大変なことになった。

順調ならば、医師も担当として就くが、助産師さん一人でも可能なはずのお産が、最終的にその時当直していた医師と助産師がわらわらと応援に駆けつけ、小さい部屋に医療従事者が溢《あふ》れかえる事態になった。

痛みが軽減されたことで本人は余裕が出たが、子宮口がなかなか開かず、時間だけが過ぎていき、この時間までに開かなかったら明日やり直します、などと言われはじめた矢先に子宮口が十分に開いたのはよかったものの、いきんでも、いきんでも、赤ん坊が出てこなかったのだ。

私がこの過程で好きだったのは、すぐ横の分娩監視装置のモニターに常時私の陣痛のグラフが出ていたのだが、助産師さんも私もグラフをじっと見て、「あー来ますね」「もうすぐ来ますね」と冷静に言い合っていたことだ。二人とも私のお腹ではなく、機械を見ていた。

そして、あまりに出てこないので、まず担当の医師が呼ばれ、彼女がさらに他の医師を呼び、彼がさらに他の医師と助産師を呼び、あっという間に部屋がいっぱいになった。エキスパートが次々と駆けつけ、目の前で一堂に会した様はさながらスーパーヒーローもののようで、『アベンジャーズ』シリーズの一場面みたいだと、私の頭のあたりにいるように指示された〝旦那さん〟と言い合ったりしているうちに、全員がそれぞれの持ち場に就いた。麻酔医も戻ってきて、壁にもたれ、腕を組んで待機しているのが、アベンジャーズの一員ぽく、こういうキャラいるいる、と感心した。

「はい、いきんで〜」と言うのがすごくうまい助産師さんや「はい、旦那さん、そのタイミングで頭を上げてあげて、はい、今、はい、旦那さん」と〝旦那さん〟のサポートを要請する助産師さん。何度も連呼される「旦那さん」という言葉に、なるほど、こういう時に、と合点《がてん》がいきつつ、こういう事態になったらそれどころじゃないし、事前にバースプランになんと書いていたとしても意味ないだろうなといろいろ学びがあった（そういえば、バースプランで助産師さんが丸をつけてくれたアロマなども特に出てこず、こちらもそもそもなくてよかったので、そのままになった。分娩室の隅にあった缶に、ヒーリングミュージックに交じってケツメイシのCDが入っていたのが心に残った。麻酔を打つ前は、最愛であるマシュー・ボーンの『白鳥の湖』のサウンドトラックをスマートフォンで流していたのだが、陣痛が激しくなってくるとすべての音が気に障り、消してしまった）。

しばらくこのチームでがんばっても子どもが出てこず（私の開いた股の前で作戦会議をはじめるのも面白かった）、産道が狭くて、赤ちゃんが大きめだから引っかかってしまっている、このままだと今から帝王切開になるかもです、という話が出はじめ、痛み自体はたいしてなくても、いきみ続けることでやはりかなり体力を消耗していたため、さすがに今からまた違う過程がはじまるのはしんどいなと思った瞬間、呼ばれて登場したのが、八ヶ月前、一回目の診察を担当してくれた、その後まったく院内で見かけることのなかった、あの女性医師だった。「先生、どうしましょう」「どれどれ、あーこれはここところ切ったらいける、いける、大丈夫」と朗らかに言う様は、「高齢出産余裕」の時とまったく一緒で、なんだかよくできた物語のようだった。

結局、会陰《えいん》切開をして通り道を広げ、吸引分娩で引っ張り出すことになり、そのために今からお腹を押すので、私はもういきまなくていいから、お腹にできるだけ力を入れているように言われ、お腹を押す係は、「先生やってください」と言われた件の女性医師が「えー、わたし？　オッケー」と担当してくれることになった。

渾身《こんしん》の力でお腹を押されること数度、やった、やったという医師と助産師の言葉とともに、子どもの人はしっかりとつかまれて、外に出てきた。この人たちは、もう何百回、何千回、何万回とお産を経験しているのに、こんなに喜んでくれるのか、ということに、私はまず心を奪われた。

今度は後ろで控えていた第二陣の助産師さんたちがわっと動き出し、体重を量ったり、体中の血を落としたり、素早く保育器に子どもの人を入れたところで、新登場の男性が、赤ちゃんが出てきた瞬間にすぐ泣かなかったので、大事をとって今すぐＧＣＵ（新生児治療回復室）に連れていきますと今の状況をすごくいい声で説明し、あっという間に子どもの人は助産師さんたちに連れていかれた（そしてその一連の流れの間、助産師さんのしていることや、子どもの人を後ろから興味津々で覗《のぞ》き込み、もうちょっと離れていてくださいと言われていた我が母）。髪がはじめからふさふさしていたせいか、最初の印象が、元気そう、だったので、私はぽかーんとし、〝旦那さん〟も、元気そうだったよね、とぽかーんとしていた。

怒濤《どとう》が去っていった後、ショートカットの落ち着いた雰囲気の別の女性医師に、「いやー、壮絶な経験をされて」とクールに労《ねぎら》われ、これは壮絶な部類だったのか、とぼんやり思い、でも無痛分娩だったから〝ぼんやり〟で済んだが、これで麻酔なしだったらどんなことになっていたのだろうと恐ろしかった。麻酔あるなしにかかわらず、やっぱり出産とは過酷なものであり（分娩室に移動してから十二時間くらいかかった）、「麻酔さえ打てば出産は最高」とはいかず、実際、私は体の調子をある程度取り戻すまでに一年ぐらいかかったし、その後も万全ではない。

また、妊娠中からわりとそうだったが、この経験を経て、私は医療従事者への愛と尊敬でいっぱいになり、前から別に言ってはいなかったが、今後絶対に医療従事者の悪口を言わないぞと気持ちを新たにした。出産前は、医師が会陰切開を気軽にやってしまう、会陰切開が術後痛くてつらかったなどと書かれた体験談などをネットで読み、会陰切開に対して少し警戒心があったのだが、実際経験してみると、私の場合、あの時はあの選択肢しかなかった、会陰切開ありがたい、という感じだったし（術後は確かにめちゃくちゃ痛かったが）、何事もなぜそれが必要なのか、すっと腑に落ちる瞬間があるものだ。

出産の次の日、昨日の麻酔医がやってきて、「データを取っているんですが、無痛分娩は、百点満点でいうと何点でしたか」と問われたのだが、それにも力強く「百点です。無痛分娩がなかったら無理でした」と答えた私だった。その時部屋にいた女性全員が、百点と言っていた。

子どもの人は数日そのままGCUで過ごしていたが、大丈夫そうだということで徐々に私と過ごす時間が長くなり、一緒に退院することができた。

一ヶ月経《た》った頃、区の係の人が子どもの人と私の様子を確認しに家に来た。五十代くらいの快活な女性で、子どもの人の検査が終わってから、私の母が別室にいる時に、「お一人で育ててるんですよね?」と聞かれた。「あ、違います、結婚していないだけです」と言うと、「なんでなのか理由を聞いてもいい?」と尋ねられたので、「名字が変わるのが嫌なんです」と答えた。彼女は、「え、本当に、それだけで!?」と驚いていた。そして、こだわりの強いXがいるので我が家はまだ家具が少ないのだが、リビングを見回した彼女は、ソファーとか棚とかないね、と不思議そうにした後、笑いながら、「なんかこの家、自由だね~」と言って帰っていった。

彼女に対して嫌な感じは一切受けず、むしろ楽しい時間だったが、でも、私は自由に生きているつもりはなくて、いろいろ窮屈に感じていることのほうが多いし、真面目に生きている。制度や「普通」の枠に収まっていないから自由、とするのはちょっと違うように思う。

自分の、名字を変えたくない気持ちを尊重するためには、「普通」を諦めるしかないのが現状だ。制度のほうが、「普通」の枠を広げたらいいやないか、そっちの「普通」

が狭いくせに、こっちにドヤ顔してくんなよ、という気持ちでいつもいるし、同性婚など、他のいろいろなケースにもこれが当てはまる。

その後も、区の健診等に行くと同じような質問をされているが、それ以外は特にまだ実生活で不便を感じていないので、このままでいる。

3章

「つわり」という
わけのわからないもの

つわり中、私はケイト・ブッシュの「嵐が丘」ばかり聴いていた。

それまで日常的にケイト・ブッシュを聴く習慣もなかったのに、突如として、体がケイト・ブッシュを欲したとしか言えない状態になった。

繰り返し、繰り返し聴き、音声だけでは足りなくなり、YouTube でミュージックビデオをこちらも繰り返し、繰り返し再生し、生活をケイト・ブッシュの「嵐が丘」で染め上げた。

つわりなのでもちろん体調は良くなく、ベッドの上であぐらをかいた私は、赤いドレスを着て、独特の声で歌い、独特の踊りを踊る妖精か魔女のようなケイト・ブッシュをじとっと見つめていた。そして気持ちが悪くなると、映像の停止ボタンを押し、トイレに行って吐いた。

ひたすら見続けていると、気づけば自然と、私は目の前で繰り返される謎の踊りの真似《まね》をしはじめていた。

安静に、と言われている時期なので、体全体で踊るわけにもいかず、手振りだけ。この時の赤い衣装で踊っているケイト・ブッシュがモチーフになっているTシャツを買おうかと、真剣にネットショップを巡回したりもしていた。

そうこうしているうちに、運命の「嵐が丘の日」の映像が、私の前に突然現れた。これなんだろうと、なんとなく映像を再生して驚いた。画面の中では、「嵐が丘」のケイト・ブッシュの格好をしたあらゆる人たちが、青空の下、楽しそうに彼女の真似をして踊っている。世界各地で行われているこのイベントの日は、ケイト・ブッシュの「嵐が丘」が踊りたい、という思いだけで集まった有志が、それぞれ思い思いの赤いドレスに身を包み、頭に赤い花を飾り、全員で「嵐が丘」を踊って内なるケイト・ブッシュを解放し、彼女と「嵐が丘」を寿《ことほ》ぐのである（私はそう理解した）。草原だとさらに雰囲気が出てよし。

画面いっぱいに真っ赤なケイト・ブッシュの格好をした人たちがうごめいている様は異様かつ壮観で、私は感極まってだらだらと涙を流しながら、各地の映像を片っ端から見ていった。特にゾンビかキョンシーを思わせる、手を前に出してちょこちょこ進む動きは、これだけたくさんの人が一斉にやるとすごくよかった。親に連れられてきた子どもたちも真剣に参加している。

この頃、今だけつわりから解放され、自由にどこにでも行けると言われたなら、私はこの場に交ざりたいと願っただろう。出産したら、私はこの「嵐が丘の日」を日本で開催してみんなと踊るんだと心に誓い、Xにもこれをやりたいからその時は参加してほしいとはやめに要請したりしていた。

　が、数ヶ月後、つわりが去っていくと、そんな気持ちは吹き飛んだ。つわり期に好きだったものが、つわりの記憶を色濃くまとい、今度は一転、受けつけなくなってしまったのだ。「嵐が丘」もイントロがはじまった瞬間、つわりの気持ち悪さが蘇《よみがえ》り、うっとなるので、とてもじゃないが聴いていられない。ミュージックビデオの最後で、こちらに大きく手を振りながら小さくなっていくケイト・ブッシュと呼応するように、私も彼女に別れを告げた。

　今思えば、つわりというわけのわからないものに寄生されている私の体と心のわけのわからなさと、同じくらいのわけのわからなさを有していたのが、ケイト・ブッシュの「嵐が丘」だったのではないかという気がする。ケイト・ブッシュと彼女の「嵐が丘」でしか太刀打ちできないでたらめさと熱。「イッツミー、キャシー」「ソー　コオオオオルド」と呼びかけてくるケイト・ブッシュの、ヒースクリフもどうしていいのかわからないんじゃと思うくらいの、どこかよくわからない地点に向けた真剣さに私は救われていた。

　妊娠期、謎な出来事はたくさんあったが、その中でも、つわりはかなり意味がわからない経験だった。言われていた通りに気持ちが悪くなり、一定期間が過ぎると、言われていた通りに気持ち悪くなくなった。言われていた通りに、何を食べても吐いた。言われていた通りに、食べ物の好みが変わり、大好きだった餃子が大嫌いになった。今はまた食べられるようになったが、餃子の件はいまだに悲しい。

ネットや本には妊娠中に食べてはいけない〝禁忌〟の食べ物のリストが並び、うっかり口に入れてしまうと、大丈夫なのかどうか、必死のネット検索になった。この頃の私の検索履歴は、

「妊娠中　生ハム」

「妊娠中　カフェイン」

みたいなのばかりだった。

出産後、Netflixの食のドキュメンタリー『アグリー・デリシャス』シーズン2の育児がテーマになっている回で、進行役のデイヴィッド・チャンの妻が妊娠中に統計学の専門家の女性と寿司《すし》屋に行き、研究書を調査したが、妊婦だけに悪い食べ物はない、と言われながら寿司を楽しむ場面を見て、泣いてしまった。自分の妊娠中、見るもの聞くもののほとんどが、やってはいけないことについてだったと、改めて気づかされた。もっとも、いざとなったらやはり何かあってはいけないので食べないかもしれないけれど、誰かにそう言ってもらいたかったと思う。

ネットでは、「つわりあるある」として妊婦たちがつわり中に好きになった食べ物、

嫌いになった食べ物がいろいろと挙げられ、それに対して、私もそうです、私だけじゃなくてよかったです、と共感のコメントが並んでいた。そして、体重増加や体調管理に気をつけなくてはいけないのはわかるが、今、ジャンクフードしか受けつけないと心配する妊婦には、今の時期は食べられるものを食べれば大丈夫だ、生きろ！　と優しいアドバイスがついていて（「生きろ！」とは書かれていなかったが、私はそうメッセージを受け取った）、ただでさえ追い込まれがちなつわり中の妊婦たちを、同じ妊婦や経産婦が気づかっている全体が、いい情報として、私に吸収されていった。

私がこの時期の自分でよくわからなかったのは、どの食べ物が嫌というのではなく、皿の数が多いのが駄目だったことだ。

もともとその時々で適当に自炊をしたり、適当に自炊をしなかったりして生活していたので、妊娠したからといって、いきなり健康に配慮した料理などつくるわけもなく、特につわりでしんどいのにマメにつくるわけがなく、つくれるものを時々つくったり、日によって外食したり、買ってきたりしていたのだけど、定食のようにいくつも小鉢が並んでいたり、おかずがいくつにも分かれている形態がしんどくて、うっとなった。お皿が一つだと圧迫感がないせいか、大丈夫だった。

さすがに栄養的にどうかと思った時は、近所に新しくできた定食屋に行った。リニューアル前の雑誌「kunel」に載っていそうな、女性が一人で営んでいるお店で、いかにも体に良さそうな料理が食べられるし、おいしい。彼女の「この前も妊婦さんが来て、自分でつくりたくないって言ってました」という言葉が、隅から隅まで理解できた。

つわりが終わると、すべてをまたおいしく食べられるようになり、今度は生クリームが妙においしく感じられるようになり、洋菓子店に週に一、二回は行くようになった。体重は規則的に増えていき、五十キロ台だったのが六十キロ台に突入したあたりで、病院の医師や助産師に、そろそろやばいぞと釘《くぎ》を刺されるようになった。体重増加は八キロから十キロぐらいに抑えるのが推奨されていた。

無痛分娩の麻酔を求める私に、「それは自分で言ってください」と言って、さくっと帰っていった担当医も健診のたびに体重に言及するようになった。「こんなに体重に厳しいのは、日本人だけ。でも日本人は体重が増えることに慣れてないから。産みにくくなるというのもある。だからこれくらいでなんとかキープしておいたほうがいい」とのことだった。

一度体重計の調子がおかしかったのか、計測で妙に体重が軽い時があって、その時は、「いい感じに仕上げてきたな、って感じです」と言われた。臨月近くになると特にたくさん食べているわけでもないのに体重増加が止まらず、最終的には十四キロ近く太ったので、どう思うか聞いてみると、「まあ、でも今これ見ると、うーん、まあ、そっかーって感じなので、ここで食い止めるようにしてください」と返された。「うーん、まあ、そっかー」がどういう感じだったのか今もわからない。だが、この医師のこの感じは私は嫌いではなかった。

産後も八キロ減ったところでぴたっと体重の減少が止まったので、一ヶ月健診の時に「痩せないです」と伝えると、「そりゃああれだけ肥えたら……」といつも通り歯に衣着《きぬ》せぬ返答だった。それにしてもニキビもぼこぼこできて大変なことになったが、あの時の生クリームのおいしさは感動的だった。今生クリームを食べても、あの頃のようにはおいしく感じられない。本当においしかった。

つわりの思い出でいまだにしんどいのは、アリ・アスター監督の長編デビュー作『ヘレディタリー／継承』だ。

よりにもよって私の妊娠期は、『クワイエット・プレイス』『ヘレディタリー』『サスペリア』と、私が前々から楽しみにしていたホラー映画が何本も日本で公開されることになっていた。

『ヘレディタリー』も絶対に見たかったのだが、何しろ自分の体調がどう変化していくかも想像がつかず、妊娠後期に入ると映画館にもなかなか行けなくなるだろうし、試写会に足を運んだほうが安全そうだった。そして、試写会の日程はつわりの時期と丸かぶりだった。私は諦めたくなかった。

というわけで、体が常に吐き気の予感でぼわあと膜に覆われているような状態の私は、それでも六本木で行われる試写会にガッツで向かい、六本木にはこの街に来たら必ず行きたいタコス屋があるので、試写会の前にタコスを食べた。

映画がはじまってから薄々感じてはいたが、『ヘレディタリー』は、近いうちに出産を控えている人間が見るものとしては、最悪のレベルに入るものだった。ホラー耐性がわりとあるほうの私でさえ、めずらしく、あー嫌だなあ、嫌なことするなあ、とテンションが低くなる場面がいくつもあり、それが家族、特に子どもたちに起こるのがきつかった。トニ・コレットが演じる、孤軍奮闘する母親が徐々に邪悪なものに屈服していく様を目の当たりにしていると、いいですか、おまえは無力です、とひまわりのような笑顔で監督に言われているような気持ちになった。

けれど、見たかった作品を見ることができて私は満足していたし、気持ちが悪いくせに、懲りずに同じタコス屋で今度はブリトーを食べて家路に就いた。

そして、この年、映画館で見て最もテンションが上がったのが、『クワイエット・プレイス』だった。ジョン・クラシンスキーが監督・脚本と夫役、実生活でも妻のエミリー・ブラントが妻役のホラー映画で、育児をしていると感じる不安や恐怖、そして周囲からの抑圧を、「音を出したら殺しにくる怪物」として仕立て上げた。あらゆる危険から子どもたちを守ることができるのだろうかと、自問自答する毎日。バスや電車、どこにいても、子どもがうるさい、親たちの注意が足りないと、冷たい目を向ける人たちの顔。育児とは、社会という怪物と戦い続けるようなもの、とでもいうような設定と、その中で新たに子どもを産み育てようとする捨て身のサバイブぶりに、なんだかとても勇気が出たし、高まるものがあった。『サスペリア』は、妊娠後期に入ってしまっていて、とてもじゃないが二時間半も同じ体勢で座っていられないと断念した。

が、それから一年後、今度はアリ・アスター監督の第二作目『ミッドサマー』がアメリカで公開になった。今度の作品も前作に劣らずやばいことになっていると書かれたレビューやSNSの感想を見ていると、前年の『ヘレディタリー』の思い出がつわりの記憶とともにフラッシュバックし、見たいけどこわい、こわいと自分が怯えていることに気づいた。そして、あの思い出が自分の中でかなりしんどいものになっていること、自分がちょっと傷ついていることにはじめて気がついた。

普段から、なるべく前情報を見ないようにして、ゼロの状態で映画に臨みたいタイプだったので、『ヘレディタリー』もまっさらな気持ちで見たのだが、そのせいで、すべての出来事の鮮度が良すぎたため、活《い》き活《い》きと私にダメージを与え続けてくれた二時間が脳裏に蘇り、そこにつわりのしんどさと気持ち悪さもプラスされ、もう二度と同じ経験をしたくないと心と体がともに叫んでいる。もうつわりじゃないよ、と頭ではわかっていても、『ヘレディタリー』につわりの記憶があまりにも色濃く染みついてしまっているせいで、『ヘレディタリー』とつわりを分けて考えることができなくなっていた。

でも、見たい。どんな話か知りたくてたまらない。北米で『ミッドサマー』のネット配信がはじまったタイミングで、私も共訳で参加した『彼女の体とその他の断片』（エトセトラブックス）の著者カルメン・マリア・マチャドが、これでＧＩＦ動画をつくれると喜び、うきうきと毎日ツイッターに『ミッドサマー』の彼女の好きな場面をアップし出したこともあり、この村の人たちが炎のまわりで阿鼻叫喚《あびきょうかん》の図は一体……、この菊人形のような状態は一体……、とますます気になって仕方ない。

最終的に、知らない状態でいることにも耐えられない、追い詰められた精神状態になってしまい、ネタバレサイトを巡回し、映画の内容を九割は把握できたと思えたところで、私はようやく心の平安を得た。そして、これは私、たぶん、好きなやつだったなと、知ってしまったことを少し後悔したが、映画は筋だけが大切なわけではないし、やはり情報ゼロのまま見て、新たに打撃をくらう勇気はなかったので、これで準備ができたとホッとした。

結局、日本公開時に仕事が忙しくて映画館に行けず、未見なのだが、ネタバレサイトを必死の思いで熟読していた頃は、映画館で自分の知らないことが起こるのが耐えられず（それでも見たかった）、本当に細かな部分に至るまで知り尽くそうとしたので、なんだかすでに『ミッドサマー』への愛着が生まれているし、最後の菊人形の場面も、主人公の気持ちを考えると泣けてくるくらいの思い入れがある。すでにこの映画を見たX

にそう話したら、そんなに全部わかっているわけがない、起こることを言ってみろと言われたので、私が吸収した知識をはじめから終わりまで語ったところ、自分よりも覚えてると驚かれた。はやくちゃんと見たい。

妊娠中、妊婦はホルモンの関係で時々常軌を逸した行動をとる、という話は、自分が妊娠なんて露ほども考えていなかった頃から折に触れて見聞きしてきて、実際妊娠してみるとそこまでかなあと訝しく感じていたが、考えてみると、ケイト・ブッシュの「嵐が丘」で生活を染め上げたのも、つわり中なのにどうしても『ヘレディタリー』を見たかったのも、その一環だったのかもしれない。そして『ミッドサマー』を調べ尽くさないと安心できなかったのは、つわりの余波である。

さらにその後、私の母やXの母が「コッ、コッ」と口を鳴らして子どもの人と遊んでくれているのを見ても微笑《ほほえ》ましい光景だとか一切思わず、「ハッ、『ヘレディタリー』の女の子の「コッ、コッ」と口を鳴らす癖、あれももしかして祖母から継承されたものだったのか！」と作品への解釈を深めたりと、『ヘレディタリー』が育児にも影響を及ぼしている。

妊婦のホルモン関係の話で好きだったのは、私が妊婦になるだいぶ前にツイッターで偶然見かけた、ある女性が妊娠中、自分のハイカットスニーカーに『サザエさん』に出てくる穴子《あなご》さんの絵を描いた、というものだった。見事な穴子さんの絵が描かれたスニーカーの画像と一緒に、なぜ描いたのかわからないと本人が言っていて、私はそれまでいまいちホルモンの存在を信じていなかったのだけど、これって実は面白いものなんじゃないかと、この穴子さんのツイートで俄然《がぜん》目を開かれた。

ホルモンの存在を信じていないというより、本当にあるんだろうかと私は疑っていた。何しろ、それまで女性のホルモンといえば、否定的に語られていることが多かったからだ。たとえば、ホルモンのせいで女性は感情的になるから、不機嫌な態度をとられる夫がかわいそう、みたいな言説はふとした時に私の前に現れたし、女性側もホルモンに負い目を感じないといけない雰囲気があるように感じた。

Netflixで配信されているアメリカのオムニバスドラマ『イージー』のある回に、夫とその弟たちが勝手に物事を決めてしまったので、妊娠中の女性が怒る場面がある。後から、「ホルモンのせいかわからないけど」と謝る彼女に対して、「ホルモンのせいにしなくていいよ。あなたが怒るのは当然。私が同じ立場でも怒ると思う」と夫の弟の恋人は返す。これを見た当時、私は妊娠を経験する前だったけど、これはほんまにそうやな、もっと言ったって！　の気持ちになった。

ホルモン云々《うんぬん》ではなく、相手がひどい態度をとったら、怒って当然だ。ホルモンのせいで女性は感情的だと言われるけれど、彼女たちに対して周囲の人たちはひどい態度をとっていないと言えるのだろうか。日本は特に、夫が家事を妻に任せっきりだったり、思いやりがなかったりと、どうかと思うことが多い。生理もそうだが、女性は生理があるから感情的なのではなくて、生理でしんどい時にひどいことをされるから機嫌が悪くなったり、怒ったりすることだってあるだろう。どんな時でも、ひどいことに対しては、怒っていい。

少し年上の友人が体調の話をしていて、「結局体のことは、みんなホルモンが関係してるで」と諦めたように語っていたのを聞いたことがある。実際、私も三十代に突入したあたりで急にぞろぞろとニキビができるようになり、皮膚科で検査したところ、男性ホルモンが増加したのが原因だからと数値を下げる薬を飲んでいた時期があり、ホルモン問題デビューはしていたのだけど、私にとってホルモンは、ずっとよくわからないままだった。体のことのはずなのに、あまりにも女性への偏見めいた言説とともに語られる言葉なので、これも「母性」などと同じで、実体のない何かなのではないかと思っていたのだ。

しかし、この穴子さんスニーカーで、私のホルモンへの印象は変わり、自分で自分が何をやらかすかわからない未知の可能性がもし本当にあるのだとしたら、ちょっと楽しみにしてもいいんじゃないかと思うようになった。

今、この原稿を書きながら、久しぶりにケイト・ブッシュの「嵐が丘」を聴いてみたが、さすがにあの頃からだいぶ遠くまで逃げてきたせいか、つわりの感覚は蘇らなかった。ようやく「嵐が丘の日」を開催できる心と体に戻ったというのに、コロナ禍に突入し、それどころではない。

緊急事態宣言が出され、家から出ないことが最も望ましいとされ、外出時はマスクをつけ、人と接したり、話したりする時は、「ソーシャルディスタンス」を心がける。国によって小さな違いはあるが、外国ではだいたい「二メートル」と明示されていたのにもかかわらず、日本では当初、「3密」というまだるっこしく、イメージしにくい言葉が発明され、使用されていた。

案の定、外を歩いていても、至近距離を通過していくマスクをしていないランナー、道には余裕があるのに全然距離をとる気がない人々、などなどに遭遇するばかりで、「二メートル」が周知されていれば、もっと心安らかにみんな距離を保てるんじゃないかと、どうも納得がいかなかった。「二メートル」を知っている人とすれ違うと、距離の空け方ですぐにわかった。

この頃、踏切で待っていると、マスクをせずにコーヒー片手に談笑しながら歩いてくる五十代くらいの男性二人が私のすぐ横、こういう状況下でなくても距離をとりたくなるような近さに来たので、少し横にずれた。その後視線を感じたのでそっちを向くと、二人はこっちをじっとにらんでおり、遮断棒が上がるまでにらまれ続けた。避けられたことに腹が立ったのだろう。コロナ禍のない次元から迷い込んできた人たちみたいだった。

このような状況下で暮らしていて、しかし私が覚えたのは、強烈な既視感である。妊娠初期、風疹《ふうしん》の抗体があるかどうかを病院で調べ、結果が出るまで（というか、検査の結果を教えてくれる次回の健診まで）の一ヶ月間、私は極力人混みを避けて暮らした。

風疹の大流行の時期だったのだ。その数年前にも流行したらしい。でも、私が妊娠中、風疹の流行の話をしても、経産婦でも、妊娠・出産がその時期にあたらなかった人は、この流行自体を知らなかったりした。妊婦が風疹にかかると、お腹の中の子どもに影響が出ることがあるので、とても危ない。

現在は、子どもは風疹の定期予防接種が行われている。問題は、かつては風疹の予防接種が義務付けられていなかったので、その頃子どもだった世代が、予防接種を受けていないことだ。しかも、最初は女性だけに予防接種が義務付けられたため、未接種者の多くが男性という事態になっている。

妊婦以外の大人は、風疹にかかっても大事に至らない場合がほとんどなので危機感を持っておらず、でもその人たちから妊婦にうつってしまう可能性がある。それが恐ろしい。そして、未接種者の多くは男性だ。すれ違う時に絶対に道を譲らない「おじさん」、電車で足を広げて座る「おじさん」、意味不明にえらそうな「おじさん」、脳裏にこれまで出会った「おじさん」の姿が次々と浮かび、これはやばいと私は直感した。この人たちが、妊婦のために、わざわざ病院に出向いて抗体を検査したり、高いお金を出して予防接種を受けたりするだろうか（私の妊娠中は、予防接種は有料だった。その後まずは風疹の抗体があるかどうかの検査が無料になった記憶がある）。とてもそう思えない。

もちろん予防接種を受けることができなかったのはその人たちのせいではないし、このご時世、金銭的に余裕がない人も多い。ただ、これまでの彼らの習性に鑑みるに、自分が妊婦に影響を及ぼすかもしれないと、親身になって考える人は皆無であるように思われた。ちゃんと考えて、行動できる男性は、そもそも「おじさん」ではない。

二〇一九年には、地道に訴え続けてくれた人たちのおかげで、だいぶ周知も進み、風疹の定期予防接種を受けていない人のうち、昭和三十七年度から五十三年度生まれの男性対象の無料クーポンが各自治体から配られるまでになった。ただ、ツイッターで医療関係者がクーポンの使用率が低すぎることを嘆き、周囲の人たちを守るために予防接種を受けてほしいと訴えているのを目にしたこともあるので、まだまだ安心はできないようだ。

そして、こういう事態において、妊婦に身を守る方法がない、という事実に私は最も驚いた。

唯一の予防方法は、人混みに行かない、という、コロナ禍以前の私には、え、なに、その漠然とした方法、とぼんやりした気持ちにさせられるものだった。どうしようもないので、外出する際は、人々から距離をとって歩くようにしたが、前述の「二メートル」が定着していないのと一緒で、なかなか難しかったし、なんだこれと思った。映画館など人が密集する場所に行くのも控えた。

今思えば、一人で「緊急事態宣言」をやっていたようなものである（私には現在十一歳になる猫もいるので、トキソプラズマの検査も心配だった。すでに陽性ならば問題ないのだが、妊娠中に陽性になると、胎児に影響が出るという。結果は、あんなにも猫とべたべたなあなあで暮らしてきたのに陰性。それからは猫トイレの掃除はX担当になった。猫にかぎらず生肉など、妊娠中はトキソプラズマがとにかく恐ろしく、文字さえ禍々《まがまが》しく見えた）。

一ヶ月後、自分には風疹の抗体があることがわかったので、だいぶ気が楽になり、けろっと映画館にもまた通いはじめたのだが、抗体がない妊婦は出産するまでの間、この自主隔離を続けなくてはならない。予防接種をしても、抗体ができない人もいる。実際、抗体がどうしてもできないから、ほとんど外出せずに妊娠期間を過ごした人もいるとネットで目にした。

世の中が「普通」のスピードで流れていくなか、気をつけるべき側は妊婦で、何かあったら自己責任と、負担が何かと妊婦にかかるようになっている社会構造に、自分自身が経験してはじめて気づくことができた。何が起こっても自分のせいにされてしまうだろうとわかっていながら、その場所で暮らしていくのは、明らかに何か潜んでいるジャングルに分け入るような決死さがあった。あと心細さが。

さらに、今妊娠中の女性たちは新型コロナウイルスにも怯えなくてはならない。街中でお腹の大きい女性とすれ違うと、心中お察しします、と心の中で語りかけている。ただでさえ心細いだろうに、どこまで心細くさせるのか。

にもかかわらず、国からは十分な安全対策も補償もなく、カビていたり、謎の毛が混入したりしている布マスクがよりにもよって妊婦に配られるわ、自治体が返品したそれらのマスクを検品するのに八億円ぐらいかかると厚生労働省が発表するわで（後に、妊婦向けは八百万円未満と修正）、無茶苦茶すぎた。しかも「検品」の方法は目視と重量らしい。もう「検品」はいいから、そのマスクは二度と再び世に放つな。地中深くに埋めてくれ、と叫びたくなった。

4章

「理想の母親像」とゾンビたち

出産した年の暮れ、連載をしている雑誌の忘年会があり、イラストレーターさん、担当さん、副編集長さんと渋谷にあるこぢんまりした和食屋に集まった。私が刺身を食べたいと言ったので、見つけてもらったお店だ。

私はもともとあまりお酒が飲めないので（体内にアルコールを分解する酵素がないらしい）、妊娠中、授乳中にアルコールが飲めないことは一切苦にならなかったが、生魚が食べられなかったことが地味につらかった。近所のスーパーで頻繁にサーモンづくしのバラエティパックや最も好きなえんがわが申し訳程度にシャリにのった寿司のパックを買い、気軽に食べていた頃が懐かしくてたまらず、こんなにも自分は寿司や刺身を愛していたのかと驚いた。子どもの人が半年ぐらい経った時に、もう授乳はいい、ミルク一本で行くと、きっぱりと私を拒絶するようになったため、私は早々に授乳から解放され、また刺身を食べられる身となったので、この頃の私は隙あらば、刺身を食べようとしていた。

一通り食べ、みんなでオカルト話などをしていると、

「育児のほうはどうですか？」

と担当さんが聞いてくれたので、

「え、別に大丈夫ですよ」

と刺身全盛りの細長い皿に残った刺身を意地汚くさらいながら、私は答えた。

「でも、大変なんじゃないですか？」

と彼女はさらに気遣ってくれ、イラストレーターさんも、

「今日は松田さんの育児のグチを聞く日かと思ってきた」

と言う。

「全然大丈夫ですよ、授乳ももうしなくていいので、今、私じゃないと駄目なことなんて何一つないですよ」

そう私が言うと、

「こんな人はじめて見た」

と驚かれた。

なんとなく何か話さなくてはいけないような気分になり、

「でも体はまだ不調ですよ、骨盤も歪《ゆが》んだままだし」

などと自分の体の話を少しし、それからまたいつの間にかオカルト話に戻った（このメンバーは年に一回、忘年会か新年会で集まるぐらいなのに、気づくといつも、オカル

ト話や国内外の謎のスポットの話になっている)。

この出来事があった後、思い出したのは、そういえば、ちょっと前に友人とお茶をした時には、一切そういう話をしなかった、ということだった。

相手は前にも書いた、私が前期破水した日に六時間ぐらいお茶をしていた人で、出産後はじめて会ったのだが、まったく育児の話などせず、ひたすらその頃見た映画のことや、最近おかしいと思ったことなどについて話しているうちにまた長時間が経過していた。

なので、忘年会の日も同じようなノリでいたので、ちょっとだけ、あれ? っとなったのだけど、気持ちはわかった。私も以前は、育児中の女性に対して、めちゃくちゃ大変、自分のことをする時間がない、やつれている、みたいなイメージしかなかったからだ。

子育て中の知人に、子どもが生まれたらしばらく何もできなくなるから「今のうちに」したいことをやっておいたほうがいいよ、と言われたこともあるし、出産準備の本にも、出産後は自分たちの時間がなくなるので、「今のうちに」旅行など夫婦二人の時間を持ちましょうなどと書かれていた。

子どもが生まれたらこれまで自由にできていたことができなくなる、これまでの自分ではなくなる、だから「今のうちに」……といった〝アドバイス〟が要所要所で目に入ってくるせいか、なんだか妊婦は焦らされているように思った。焦るどころか、自分じゃなくなるなんて言われたら、怯えるだろ。旅行だって、こんな体調悪い時に必死こいて行きたくないよ。

自分は懐疑心の強い三十八歳だったため、子どもができたからといって違う人間になったりしないだろうなと思ったし、数年前に子どもを産んだ友人も性格は一切変わらない、何も変わらないと、私の根拠のない確信を裏付ける実感を語っていたので、そこまで怯えていなかった。でも、実際に自分で経験してみないとわからないこともあるので、私がどうなってしまうのか、半信半疑のところもあった。なので、焦っていないようで、私は実のところ焦っていた。

臨月を迎えた三月、予定日は三月末で、私はギリギリまで仕事をしていた。フリーランスなので産休もないし、休めば休むほど稼ぎがなくなるし、前にも書いたように経済的準備がないまま妊娠生活に突入してしまったし、私のように下手すればベッドの上でも仕事ができてしまう職種は、職場に通わないといけない妊婦さんたちに比べたら楽なものだと思っていたし、こればっかりは自分では予想がつかないので、出産後一ヶ月分の連載原稿を事前に渡してできるだけ迷惑をかけないようにしたかったし（はやめに校正していただくなどの対応をとってもらった）、さらにはまだいけるだろうと、新たに書評の仕事を臨月に引き受けたりしていた。

前期破水をした予定日の一週間前は、ここから予定日までにエッセイ集のゲラを直すはずだった。でも前期破水したので慌てて病院に駆け込むことになり、病院からエッセイ集の担当編集者さんに状況を伝えた（前期破水すると、子どもを外の世界から守っていたシールドがなくなってしまうので、はやく処置を受けないと危険なのだ。よくわかっていなかった私は、電話越しの助産師さんの、どれくらいで来られますか？　との問いに、え、一時間半くらいですかね、と答え、もっとはやく来てくださいと冷静に諭された）。

妊娠期間中、私の予定日が三月末だと知ると、病院の各担当医は、一様に「あー、これはー」と、参ったねの表情をした。三月中に生まれると早生まれ扱いになるからだ。ただ、予定日よりも数日遅れれば問題ないし、一人目は予定日よりも遅くなるし大丈夫でしょう、とこれまたみんな同じ反応をした。

帝王切開で産む妊婦もこの時期は手術予定は入れません、なんとか数日ずれるといいですね、などと励まされ、自分でコントロールできるわけもないのに、オッケーと私もうなずいていたのだが、予定はやはり予定でしかなかった。臨月になると、毎週健診があり、直近の健診では、まだまだですねと言われていたのだが、夜中に病院にたどり着き即入院した私の様子を次の朝見にやってきた、まだまだですねと言った担当医は、そういうもんです、とからっと笑い、そういうもんなんか、と私は感じ入った。

心はまだまだ仕事をするぞ、まだまだできるぞと思っていたけれど、でも、体感としては、あと一週間もこの状態でいるのはしんどいな、と限界を感じていたこともあったので、体はそろそろ来るぞ、とわかっていたのかもしれない。

私は出産前にその時公開されていた『キャプテン・マーベル』を必ず見ようと思っていたので、入院中、ああ、これで『キャプテン・マーベル』を私は映画館で見られないんだ、あんなに楽しみにしていたのにと、子どもが生まれたらしばらく何もできなくなるという〝アドバイス〟を脳裏に浮かべながら、無念でたまらなかった。

実際は、退院の一週間後、私は映画館で『キャプテン・マーベル』を見ていた。そして、なんだ、こうやって『キャプテン・マーベル』も見ているし、自分は何一つとして変わってないじゃないかと、映画の最中に、まるで天啓を得たかのように腑に落ちた。

また、三月三十日の退院の次の日には、入院中にツイッターで目にした、Netflixの『テキサスタワー』の配信が三月末で終了するという情報にいてもたってもいられなくなり、どうしても見たいと言って、新生児を横に寝かせ、泣いたらすぐさまXが抱き上げ私が授乳するスタイルで見た。テキサスタワー乱射事件を、ロトスコープで語り直した作品で、妊娠中の女性が炎天下に地面に倒れてそのまま動くことができなくなってしまう様があまりにつらく、今、見るべきものではなかったかもしれないと思いながらも、でもとてもいい作品で、これもやはり以前と同じように見ることができたことにホッとした。

世間では、母親になった女性、子育て中の女性に対して、こうに違いない、こうであってほしい、という強固なファンタジーがあり、何かと現実と乖離《かいり》しがちだ。そして、育児中の女性たちの経験や気持ちは、育児本や育児エッセイ含めて、当事者たちの間で止まりがちで、関係のない人は一切知らなくてもいいことに分類されているように感じる。そのため、ますます、超人的な女性としての母親や妊婦のイメージが、なんかそういう感じでしょ、よく知らんけどと、実態は曖昧なまま維持され続けたり、過度に大変に思ったり、過度に軽く考えたりと、女性それぞれの事情や性格や生活が置いてきぼりになっている気がする。

二〇一八年、イギリスのキャサリン妃が第三子を出産し、産後七時間で「スピード退院」した際、体のラインがあまりわからない赤いミニワンピースにハイヒールをはき、しっかりとメイクをした姿で生まれたばかりのルイ王子を抱いて報道陣の前に姿を現し、笑顔で写真に収まったのが話題になった（ジョージ王子とシャーロット王女が生まれた際も、同じように彼女はカメラの前に立った）。

そのニュースを見て、女性は産後すぐに完璧な姿で微笑むことができるのだと世間に間違った印象を植え付けるのではないかと私はちょっと心配になったのだけど、この時、欧米の女性たちは、私の産後と全然違う、と疲れのあまり口を開けて寝ていたり、点滴や人工呼吸器のチューブだらけだったりする自分の写真を、微笑むキャサリン妃の写真と並べてSNSにアップして、その「理想の母親像」を叩《たた》き割っていた。写真の中の女性たちは当たり前だがみんなノーメイクで顔色が悪く、ぐったりしていた。私は女性たちの、このユーモアのある異議申し立ての仕方が好きだった。

出産直後、すぐに声を上げなかったため、GCUに子どもの人が連れていかれるとともにさっきまでのドタバタがさあっと引き、母とXに帰ってもらい、分娩室に一人だけ残った二十代の助産師さんに、さっき赤子を産んだ私自身が今度は赤子のように体を拭かれ、麻酔が効いていて感覚がないので尿道カテーテルを挿入され、出血が多かったのでと点滴が開始され、「悪露《おろ》」という名の血が果てしなく出続けるためナンのようにふかふかの巨大なナプキンを股にあてられた。

この時、助産師さんにタオルはあるか聞かれた。持ってくるもののリストにタオルと書いてあったので、何に使うのかわからなかった私は古くなったマリメッコのタオルを持ってきていた。彼女は私のタオルをじっと見て、マリメッコだなと思ったらしく、

「汚れてしまうので病院のを使いますね」

と言った。

「もう古いからいいですよ」

と私が言っても、病院のタオルを彼女は使ってくれた。私のボロボロのマリメッコの

タオルを大切にしてくれた彼女のことは忘れられないし、大切にしてもらったので、私も今でも大切に使っている。

そのままベッドになる分娩台を二人の助産師さんに左右から押されて病室に戻り、ようやくすべてが終わって一人天井を見つめながら、私の脳裏に真っ先に浮かんだのは、赤いワンピースにハイヒールのキャサリン妃だった。

今度はありありと、あの姿がありえないことがわかった。当時、キャサリン妃があれをできたのは無痛分娩だからではないかと推察されているニュース記事を読んだ記憶があるのだが、私だって無痛分娩だった。妊娠・出産ほど一人一人違うものもないので、比べることはもちろんできないが。

それから退院までの一週間は、満身創痍《まんしんそうい》としか言えない状況だった。出産の最中には、ここまで自分の体がダメージを受けているとはまったく思っていなかったので、戸惑いも大きく、今更ながら自分が経験したことのやばさを思い知らされた。次の日には尿道カテーテルと点滴は外してもらえたが、会陰切開の縫い痕が痛み、悪露は出続け、いつまで経っても疲れていた。

退院までに、授乳方法やその他基本的な育児のノウハウを叩き込んでやるという、長い目で見ればありがたいが、出産直後の人間には予想外のブートキャンプにいきなり放り込まれたような心地にさせられる方針をとっている病院だったので、ただ眠っているわけにもいかなかった。本来は「母子同室」という、新生児をすぐに母親と同室にして授乳のリズムを整えるのが望ましいとされていたのだが、私の場合は、生まれた瞬間に声を上げなかっただけでなく、他にも懸念される症状がいくつかあり、出産後の新生児の様子を総合的に評価する点数で、おそらく十点満点中二点を叩き出した子どもの人が、念のためGCUで助産師さんに観察（観察、という言葉がぴったりな図だった）されていたので、ボッコボコの状態ですぐ授乳がはじまるのは免れた。が、その間にこれでも見ておけと、病院が制作した、授乳方法や子どもをお風呂に入れる方法などがわかりやすくまとまった映像群の視聴を暗に義務付けられたりしていた（役に立った）。

　私はどこにでも本を持っていく癖があるので、この時はチョン・セラン『フィフティ・ピープル』（斎藤《さいとう》真理子《まりこ》訳、亜紀書房）を持っていった。とてもじゃないが読む気力が出なかったが、大きな病院にかかわる五十人のささやかな物語がすぐ近くにあることがお守りのようだった。どうしても読みたい、今ポストに届いているはずだからと、Xが病院に来るついでに持ってきてもらった『ゴールデンカムイ』のその時の新刊だけはなんとか読むことができたが、ベッドの上で、食事用の小テーブルの上に両脚を投げ出して読んでいたら、体調はどうですか？　とノリの軽い担当医が入ってきて、私の状態を見て「あ、マズい時に来ちゃいましたね」と笑い、なぜ今、と飛び起きながら私は思った。

不思議だったのが、新生児の入ったカートを押しながら、女性たちがよろよろとフロアを行き交っていることだったのだが、自分も次の日ぐらいに授乳がはじまって、その謎が解けた。GCUに子どもを観察してもらっている女性たちが、数時間ごとの授乳時間のたびにGCUに子どもを引き取りに行き、自分の病室に戻って授乳した後にまた戻しに行く姿だったのだ。

これが地味にしんどく、まだまっすぐ歩けない、折れ曲がった体をカートで支えるようにして、パジャマ姿で子どもを運んでいるガニ股の女性たちはまるでゾンビのようで、私もゾンビだった。

特に夜中の、最低限の明かりだけが灯《とも》されたフロアでのゾンビたちには切実なものがあり、傍《はた》から見れば、不気味だっただろう。

中のものが出たらまた元通りぺたっと引っ込むのだと思っていたお腹は、まだもう一人子どもがいてもおかしくないくらい、相変わらず不格好に膨らんでいて、そんな簡単に解放されると思うなよと、ひたすら私に知らしめてきた。

その後、観察の結果、大丈夫そうだからということで母子同室になり、ゾンビにならなくてもよくなったのだが、GCUにいたほうが助産師さんたちに見てもらえて安心なんやないかと、いきなり二人きりになることに動揺し、ゾンビに戻りたくなった。

病院では、栄養士による、退院後の食生活についての講習会が毎週行われていた。

私は講習などでノートを取るのが好きなので、心も体も疲れ果てていたが、心のある一部だけは張り切って、別の階にある普段はプレイルームらしき小さな部屋に向かうと、はやすぎたらしく、まだ誰もいなかった。

子ども用のイスに座って待っていると、ぽつぽつと女性たちが集まりはじめたのだが、八人ほどの女性たちはみな一様にボサボサの髪に血の気の引いた顔、パジャマ姿で、死んだ目をしていた。栄養士が部屋に現れるまでに、声を発する人は誰もなく、床の一点を見つめていた。お互いが鏡のような状況で、こんなにも、疲れている、という共通点でここまでつながっている人たちは今この世界にほかにいないんじゃないかと思うくらいだった。言葉は必要なかった。

栄養士がプリントを配り、講習をはじめると、女性たちは死んだ目のまま、無表情で話を聞いた。栄養士がくだけた調子で話しても、笑い声を上げる人はいなかった。一時間くらいの講習が終わると、一人一人短く栄養士に礼を述べ、部屋を出ていった。端的に言って、みんなボロボロだった。

あと、妊娠中、葉酸を摂取しろと何を見ても書いてあったので、効いているのかどうかわからないまま一応錠剤を飲んでいたのだが、この講習の最初に、栄養士がデータを集めていると言って、葉酸を飲んでいた人は挙手してくださいと促した。一人を除き全員が手を挙げたのだが、葉酸を飲んでいなかった女性の、飲んでないけどそれが何か、という泰然とした様子が良かった。なんかわからないけど、存在が強い、と見惚《みと》れた。

退院の前日にも、同じく退院が近い女性たちが数人集められ、困った時の対処方法などを助産師さんが話してくれたのだが、この時もみんな栄養士の講習会で見た姿とまったく一緒で、話が終わるやいなや、それぞれの部屋に淡々と戻っていった。経験上、女性が集まってここまでコミュニケートしない場は新鮮でもあり、交友を結んでいる場合じゃないほど疲れていることが身をもってわかり、わかる、わかる、わかると私も死んだ目をしながら心の中で繰り返していた。

そして私は、出産後の女性がどれだけボロボロかをいつか絶対にどこかに書くんだ、と心に決めて退院した。

（妊娠中に数回行った美容室の美容師さんから聞いた話だが、彼女の友人はほとんど陣痛の痛みがなく、子どもはあっという間に生まれたそうだ。さらにラッキーなことに、産院は家の向かいにあり、歩いて病院に行くことができたという。そういう人もいる）

私が出産したのと同じ頃に、メーガン妃が出産したのだが、彼女はキャサリン妃やダイアナ元妃のように、出産後すぐの「お披露目」をしなかった。記事によると、壮絶なお産の後、すぐに人前に出ざるをえなかったキャサリン妃やダイアナ元妃がかわいそうだと思っていた、とも書かれていた。

メーガン妃は、落ち着いてから「お披露目」の場を設けたのだが、その時、彼女は白いワンピースのウエストをリボンベルトで縛り、出産後の大きなお腹が目立つ姿で現れた。大きなお腹を隠すどころか、わざと目立たせることを選んだのは明白だった。私はもともとメーガン妃が好きだったのだけど、この件でさらに好きになった（キャサリン妃がジョージ王子を「お披露目」した時のワンピースも、お腹が目立つデザインだ）。

二〇二〇年、キャサリン妃は出産後すぐの「お披露目」は少しこわかったとインタビューで話している。立場のある人間だから、そういう慣例だから、国民が求めているから、と妃が無理をして微笑む姿を見せるのは、女性とはそういうもの、という社会全体の、ひいては世界全体のファンタジーを強化するだけだ。どんな立場にある女性も、身体的、精神的に最もダメージを受けている時に、無理をさせられるべきではないし、無理をするのが「普通」だと思い込まされないように、周囲が事あるごとに、実情はそうではないことを口にして、キャサリン妃の写真とともに自分の写真をアップした女性たちみたいに、そのつどファンタジーを叩き壊していくしかない。

5章

「妊娠線」は妊娠中に入れたタトゥー

妊娠がわかってすぐに私がしたのは、図書館に行くことだった。

ほとんど知識ゼロ、に近かったので、これまで図書館の中でも足を止めたことのない、突き当たりの隅にある出産・育児コーナーに向かい、とりあえず基本的な知識を得ることにしたのだ。

ちょうどよく三十五歳からの妊娠、出産、育児の情報が網羅されている一冊があったので、私にぴったりやないかと、その日はそれを借りて帰った。

その本を返却期限ギリギリまで借り、時々目を通していたのだけど、せっかくなので自分でも一冊買うことにし、しかし借りたのと同じ本ではつまらないので（すいません）、今度は育児雑誌の編集部が刊行している、高齢出産に限定しない一般性の高そうなムック本『最新！ 妊娠・出産新百科』（ベネッセコーポレーション）を買ってみた。

一般性があるだけあって、健診の際は、医師に「ありがとうございました」と伝えるのが最低限のマナー、などと、え、そこから!? と驚くようなこともちゃんと書いてある。

出産・育児本はどれも、監修に専門家がつき、絵や写真や図をふんだんに使い、わかりやすさをしっかりと追求し、しかし必要な情報はすべて盛り込みます！　という気概に満ちたありがたいもので、私も大変お世話になった。月ごとに体がどう変化するか、どういった症状が出るか、どういう病気に気をつけなくてはならないか、食べていいものの悪いもの、利用できる制度、注意事項などなど、有益な情報で中身はみっちみちだった。

しかし、自分が買ったこの一冊を片手に、ネットの情報サイトも参照しつつ、世の中の妊娠・出産の慣習に基づき八ヶ月間を過ごしてみて、このカテゴリーって、なんだか不可思議なことが多いなとしみじみ感じもしたのだった。

私はまず、戌《いぬ》の日が、妊娠・出産本に掲載されているのがよくわからなかった。戌の日（参り）とは、妊娠五ヶ月あたりの、十二支の戌の日にあたる日に、妊婦が腹帯を巻いて、神社に安産祈願する行事のことだ。犬は多産で、お産が軽いため、安産の象徴であるらしい。ネットのマタニティグッズを売っている店でも、戌の日用の腹帯がたくさん売られている。私は父方が寺の人間なので、信仰を否定するつもりは毛頭ないが、合格祈願などと一緒で、なんの根拠もないと言えばない。

科学的、医学的な妊娠・出産の情報がまとめられた本に、朗らかな女性のイラストに「くれぐれも無理はしないで」と、絶対にしないといけないわけではないことを示す吹き出しが添えられているとはいえ、非科学的なことが当たり前のように載っていることに、私は呆気《あつけ》にとられ、こういうものなのかと感じ入った。「え、この本、大丈夫なの？」と何気なくこの本を見ていた十一歳年下のXも、戌の日が出てきたところで不審な目を向けていた。

五ヶ月は、妊娠中期、つまり安定期に入る時期ではある。しかし、なんにしろ、しんどいことには変わりがない。つわりが終わっていない人もいる。

戌の日って不思議じゃないですか、行きましたか、と私よりも前に出産していた編集者さんに何かのついでに聞いてみると、「ものすごく行きたくなかったけれど、夫側の家族に言われて、体調も最悪なのに行くしかなかった」と恨みがましい表情で言っていた。体がしんどいだけじゃなく、私は面倒くさがりでもあるので、行きたくないと思い、行かないことにした。

出産後、生後一ヶ月ぐらいに行うお宮参りも行かなかった。自分自身がまだあまりにもボロボロだったし、子どもの人も、こんな小さき者を外に出して大丈夫なのか、と怯えるくらい頼りなかった。

その年の秋、人形町のホテルで小説の自主缶詰をしていた私は、散歩しながら安産祈願で有名な水天宮の前を通りかかったのだが、そこで新生児に晴れ着を着せ、自らもしっかりと正装をし、写真を撮っている親たちの群れを目撃し、このバイタリティがなぜ自分にはないのかと自己を省みながら、散歩を続けた。みんなまぶしかった。

生後百日ぐらいに行うお食い初めは家でできることなのでやったが、料理は私の母がつくった。

安定期に入ってから妊娠の報告をする慣習も、常に容体が急変する可能性を孕《はら》み、何が起こるかわからない妊娠期において、特に初期は流産の危険性も高く不安定だから、という理由はその通りなのだけど、しかし、この安定期に入るまでの期間ほど、他者と話し、話を聞いてもらいたい時期もないので、うまくいかないものだ。

今思えば、話せばよかったと思ったりもするのだが、あまりにも未知の世界だったので、私も世間一般の安定期に入るまでは話さないもの、とする方針にならい、ほとんど誰にも話さずに耐えていた。内心、ビビりまくっていたのだ。

妊娠をまだ伝えていない、子どものいる友人とＬＩＮＥしながら、今、つわり中で毎日つらい、と言えたら、彼女の体験も聞けて、ものすごくホッとするのに、と思うこともあった。経産婦だったら、自分自身という友人もいるし、これは周囲に言っても大丈夫だなと自己判断ができるかもしれないけど、一人目はついつい孤独な道を歩いてしまいがちなのではないだろうか。私もしっかりとその道を進んでしまい、孤独に吐いていた。

私の『最新！　妊娠・出産新百科』の妊娠三ヶ月の項目には、「働くママは職場に早めの報告を」とある。「妊娠がわかったらなるべく早めに上司に報告しましょう。報告の時期に決まりはありませんが、流産の可能性が低くなる妊娠10週前後に伝えるのがいいでしょう」とある。

でも、もうこの時点でつわりははじまっているし、本来、流産の可能性が高い十週目より前に、職場の人たちが状況を把握し、妊婦に気をつかう環境がつくれたら、それがベストなのに、とも思う。最も危うい時期の体を抱えた女性が、それを伝えずにいつも通り働いていたら、周囲もいつも通りふるまってしまうし、それによって女性にはさらに負荷がかかるだろう。

今の日本の労働環境と社会は、妊婦や子どもがいる女性に優しくなく、働くこと自体を諦めざるを得ない女性がたくさんいるのはよく知られていることだけど、妊娠・出産の本に、「退職」の項目があることは果たして知られているだろうか。

産休とともに、同僚や上司に迷惑をかけない引き継ぎの方法が丁寧に書かれていて、失業給付金の受給方法などにも触れられている。本当に親切で、頭がさがる。同時に、「退職」の項目に今の社会構造が浮き彫りになっているとも感じる。

また、この本には「生命保険」の項目もあるのだが、そのページは、「生命保険は家計を支えるパパの万が一に備え、入っておきたいものです」というリードではじまり、「子どもがまだ小さいうちに、パパに万が一のことが起こらないとは限りません。生命保険はその万が一に備えるものです。入っていないパパ、ママはこの機会にぜひ加入しましょう」と続く（私も妊娠中に新たに二つ入った）。

さらに、「保険をかけるときの優先順位は？」のコーナーには、「まずパパの死亡保険を第一に考えましょう。共働きも増えていますが、赤ちゃんが小さいうちはパパが生活を支えているケースがほとんどでしょう。そのパパに万が一のことがあった場合、経済的不安を乗りきるために入ります。その次にパパとママの医療保険を、最後にママの死亡保険を考えましょう」と書かれていて、死亡保険に関しては、これからはきれいごと言ってらんねえよ！　これがリアルさ！　という赤裸々な感じが嫌いではないのだが、とにかくこの社会は家に収入をもたらす存在＝パパなのだな、ととことん思い知らされるページになっている。

あと、私が衝撃を受けたのは、妊娠中の性生活についてのページだ。「セックスレスでも夫婦円満のコツ」の項目に「挿入はなくても手でしてあげる」と書かれているのに度肝を抜かれた。なんで妊娠中のしんどい時に、まだ何かを「してあげる」ことを求められるのか。「パパへの「ごめん」「ありがとう」を言葉で」とその横にあるのだが、いや、なんで妊婦側が言わなあかんねん、の気持ちでいっぱい。「パパができること」に、「ママの留守中などに自分で処理をする」と書かれているのにも、これ書かんといかんのかと遠い目になる。

妊娠中の体の変化には、お腹が大きくなる以外にも、シミが濃くなる、髪が抜ける、肌が敏感になる、などいろいろある。私は手足に毛が生えなくなり、毛がお腹に集結した。また体というか、脳の変化なのか、言葉がすぐに出てこなくなり、周囲の人が辞書になった。

「陰性の反対って何でしたっけ？」

「陽性です」

みたいな会話をよくしていた。私が翻訳しているアメリカの作家カレン・ラッセルも、同様のことをエッセイに書いていた。

「お姫様が住んでるような建物のことなんて言うっけ？」

「お城のこと？」

というようなやりとりを夫としてしまうと。

私の場合は、産後もいまいち元に戻らず、原稿を書いていても、頭の中でぴったりな言葉を探し続ける時間が何度も発生し、この感覚何かに似てるな、と考えたら、自分が翻訳している時と同じだった。そんなわけで、私は自分自身の翻訳もしなければならなくなった。毛はお腹から解散し、手足に戻った。

中でも、ホラーじみた語られ方をするのが妊娠線だ。この本では、「〝妊娠中もキレイ〟のためにケアしよう」のページに妊娠線が紹介されていて、「急激におなかが大きくなったり、体重が増えたりすると、皮膚の伸びが追いつかず断裂が起こり、できてしまいます」と説明されている。そして、お腹全体に、エイリアンに寄生された人のお腹が食い破られる直前のように、無数のうねうねとした赤い線ができている写真が添えられている。

出産後に目立たなくなるけれど、完全には消えないとも言われていて、妊娠線といえば、戦々恐々としたコメントがネットにも溢れていた。

妊娠線は普段からクリームを塗っていれば大部分は予防できると言われていて、ミミズ腫れのような、かなりひどい状態の妊娠線の画像とともに、予防クリームが売られているのもよく目にした。ビフォア・アフターの画像がつきものの、シワ取りクリームやシミ取りクリームなど、女性がよく遭遇する美容広告と同じ商売の仕方だ。うちの商品を使わないとこうなりますよと女性を脅かして、商品を買わせようとするビジネスは、さすがバリエーション豊富だった。

私自身は、妊娠初期に友人の編集者さんから頂いたクラランスの妊娠線予防クリームを真面目に塗っていたのだが、後期にさしかかるあたりで使い切ってしまったので、そこからはクナイプのオイルやイソップのボディクリームを併用していた。

お腹が大きくなってから、私にはお腹の下が見えなくなったので、Xがかわりに予防クリームを塗ってくれていたのだが（届かないので足の爪も切ってもらっていた）、ある時、「お腹の下あたりに線ができてるけど、これが妊娠線？」とXに聞かれた。その部分をスマートフォンで撮ってもらって見たところ、お腹の脇に左右とも、カミナリのようなギザギザ線が数本走っていた。

一瞬、気をつけていたのにしまった、と後悔の気持ちに襲われた後、あれ、でも私はそこまで妊娠線ができるのが嫌だったのだろうかとはたと思った。よく考えたら、妊娠線は予防するものだという前提ができ上がっていたから、そうか、とクリームを塗っていたけど、できたらできたで、別にたいしたことでもない。

ビキニの水着が着られなくなる、などと書いてあるネット記事も読んだのだが、妊娠線があってもビキニの水着は着られるし、別にビキニを着なくてもいい。最終的に私は、これからもっと妊娠線は大きくなるかもしれないけど、妊娠中に入れたタトゥーだと思うことにした。そもそもずっとタトゥーを入れたかったし。だいぶ前に我が猫がじゃれついたのが手首のところにひっかき傷として残ったのだが、これも私としてはタトゥーである。

同じ頃、トークイベントの出演依頼が、これまで仕事をしたことのない団体からあった。出産間近なので、お引き受けできず申し訳ありません、と返信をしたら、快く理解してくださったのだが、担当者さんからのメールに、

「ご懐妊おめでとうございます」

と書かれてあって、戸惑った。

彼女にしたら、出産間近だと書かれていたので、何かその部分に反応しなければと思われたのだろう。面識がなかったので、その日はスケジュールが厳しくて、とぼかすほうが無難だったかもしれないのだが、その時の対談のお相手が、欧州圏の女性作家さんだったので、私はちゃんと理由を伝えたかったのだ。

妊娠したのは半年以上も前のことだったし、そうでなくても、妊娠しておめでとうとお会いしたことのない人に言われるのは、やはりちょっとおかしな感じがした（会ったことがある人も、別に言ってくれなくていい）。その人がおかしいのではなくて、「ご懐妊おめでとうございます」

の言葉が一般的な定型文になっていることが、改めて考えると、なんだかすごく不条理ではないか。私としては、「あ、そうなんですか、了解です」ぐらいでいいし、事情はわかったのでこうします的な、事務的なやりとりが親切だと思う。

「ご出産おめでとうございます」は、「ご懐妊おめでとうございます」に比べると、奇異さは薄れるし、言う側からしたら、この一言で済むので便利ではある。でも、定型文を超えた、それぞれのコミュニケーションの中では、必要ない場合もあるはずだ。

以前読んだ、曹惠虹《チユウワアイホン》『女たちの王国――「結婚のない母系社会」中国秘境のモソ人と暮らす』（秋山勝《あきやままさる》訳、草思社）で知ったのだが、モソ人の女性たちは、誕生日を祝う習慣がないのだそうだ。なぜなら、女性が出産で痛い思いをした日を祝う理由がないから。「ご懐妊おめでとうございます」「ご出産おめでとうございます」も、実は定型ではないのだ。

あと、出産報告する際に、子どもの体重を報告する慣習が私はよくわからない。

今だと、インスタグラムなどに出産報告をアップしている人もよく見るが、名前、生まれた日と時間、体重が書かれているのが、これもまた定型のかたちと言える。名前と生まれた日と時間はわかるのだが、体重が不思議だ。

不思議だと思い、一度ネットで調べたのだが、体重で赤ん坊の健康状態がわかるからではないかと、私と同じ疑問をQ&Aサイトで問いかけていた人に、誰かが答えていた。私が知識不足だっただけかもしれないが、私は子どもができるまで、新生児の適正体重などの知識はまったくなかった。なので、報告されるその四桁の数字は、情報として、私の中で何の意味もなしていなかった。

私が母子健康手帳に助産師さんが書き込んでくれた子どもの体重を見て最初に思ったのは、これはいいパスワードになる、だった。何かと言うとパスワードが必要な昨今、いちいち新しいパスワードを考えつくのも一苦労だ。ランダムな数字だと忘れてしまうことも多い。

子どもが生まれた時の体重は、はじめはとにかく回数の多い予防接種の書類に記入したりするので、覚えていたほうが便利だし、SNSで報告などしなければ、子どもを産んだ病院の人たちや、小児科の人たち以外は誰も知らない。母子健康手帳を持ち歩いたりもするから重要なパスワードとしては避けたほうがいいけれど、そこまで重要じゃないパスワードとしては十分である。今時、前後にさらに英数字を足さないといけないことがほとんどだろうし。なので、これから出産する人に私は言いたい。子どもが生まれた時の体重はパスワードに使えるよと。もしくはほかの可能性もあるかもよと。

6章

「母乳」「液体ミルク」「マザーズバッグ」

二〇二〇年の七月に一歳四ヶ月になった子どもの人（これからOと書く）は、飲み物をコップで飲むのにも、ストローですするのにもずいぶん慣れて、そろそろミルクも哺乳瓶で飲む必要がなくなってきた（とはいえ、哺乳瓶で飲む満足感はやはり格別らしく、眠りにつく前は哺乳瓶で飲ませたほうが、眠りに入りやすいようだ）。

ストローを使いはじめた頃は、ストローの大きさを把握できておらず、毎回妙に大きな口を開けて口に含もうとしているのが私の目には新鮮に映り、我々はストローに対する口の開け方一つでさえ、学習しているのだと面白く思った。

ストロー学習用のマグというのを買っていたのだが、そのマグはストローで吸うことがまだできない子どものために、大人が蓋のある部分を押してやると、中身が自動的に吸い上げられる仕様になっていて、いきなり上がってきた水分に驚いて、Oはよくむせていた。

その後、そのマグはOによって解体され、しばらく使っていない間に、習得しかけていたストローでの飲み方をまた忘れてしまったOは、ある時出された水色と黄色の配色の新しいマグを前にきょとんとしていたのだが、一歳になっていたせいか今度はすぐに飲み方を習得し、我が物顔で、部屋の中を白湯《さゆ》の入ったマグ片手に、飲みながら練り歩くようになった。以前はいちいち付属の、移し替え専用ストローで哺乳瓶に移し替えなければならなかった液体ミルクも、そのストローのままなんだかんだ飲むことができるようになったので、外出の際など、ものすごく楽になった。

そもそも液体ミルクがあること自体が楽だと、液体ミルク販売開始前に乳幼児を育てた人たちは言うかもしれない。私は子どもが生まれる二〇一九年三月に液体ミルクが販売開始されたので、外出の際に、お湯や粉ミルクを用意したことがほとんどない。

「ポーチの中身」や「バッグの中身」といった自分の持ち物を紹介するページが女性誌にはよくある。私はもともと人の持ち物を見るのが好きなので、雑誌にこの特集が載っているとなめるようにページを見てしまうのだが、インスタグラムでも同様のハッシュタグがあり、こっちもうれしくなって見てしまう。

育児アカウントだと、それは、「マザーズバッグの中身」になり、このハッシュタグのつけられた画像を見ると、子ども連れの外出時にどれだけ大荷物になるかがよくわかる。

ところで、「マザーズバッグ」とは不思議な言葉だ。育児をするのは母親だけではないので、「マザーズバッグ」と名付けられていることに首をかしげたくなるところもあるし、実際に、今育児を担っている人の多くが女性であることも直ちに伝わってくる。

妊娠するまで、「マザーズバッグ」の存在を気にかけたことがなかったし、「マザーズバッグ」には二種類あることも当然知らなかった。

一つは、子ども服のメーカーやかばんの会社などが使いやすさを考えて「マザーズバッグ」として販売している「マザーズバッグ」、もう一つは、特に「マザーズバッグ」としてつくったわけではないが、軽くて大容量で使いやすいため、「マザーズバッグ」にいいよと口コミで評判になっている一般的なかばんのことである。ネットには、「マザーズバッグ」のベスト5などリストがいくつもアップされているが、読んでみれば、紹介されているのは無印良品や、やたらと街で見かけるアネロのリュックだったりする。メーカー側が、売り上げを伸ばす意図で、「マザーズバッグ」としても使えますと謳《うた》っているケースもよくある。

「母子手帳ケース」もそうだ。母子健康手帳や診察券、予防接種の用紙など、まとめておいたほうがいいものがまるっと入るのは便利だが、「母子手帳ケース」でなくても、同様に使える商品はある。私は、いらんやろ、これ実はいらんやろ、と思いつつ、でもそう名付けられているものをせっかくなら使ってみたいという気持ちもあって、結局、どちらも買った。ただ、「マザーズバッグ」のほうは、前から好きだったトートバッグのブランドが「マザーズバッグ」的なバッグとしてつくった商品だったので、ポケットがたくさんついた大きなかばんというだけで、一泊二日の旅行用のかばんとなんら違わないし、「マザーズバッグ」感が薄く、ちゃんと「マザーズバッグ」を味わえていないことに少し後悔がある。あと、少しでも軽いほうが助かるのに、トートは重いし、かさばった。出産入院の際に持って行ったきり、「マザーズバッグ」としてはほとんど使っていない。その点、「マザーズバッグ」としてガチで開発された商品は、ナイロン素材、軽量、ポケット多め、などはじめから考慮されているものが多い。

話を戻すと、液体ミルクが販売開始される前、ネットにあげられる「マザーズバッグの中身」は、おむつ数枚、おしりふき、着替え、おくるみ、おもちゃ、おやつ、粉ミルク、お湯の入った水筒、水の入った水筒、哺乳瓶一本〜数本、ウェットティッシュなど、一枚の画像には収まりきらず、二枚目の画像が必要になるくらいの量で、それを見ながら、多い！　なんてこったい！　と私はおののいていた。でも、各自が選び、使ってみたうえでの、精鋭のアイテムがずらっと紹介されているので、大変ためになったし、抜群の情報量だった。

液体ミルクが販売開始されて一年以上が経過した頃、同じハッシュタグを検索してみて、女性たちの持ち物が販売開始前とほとんど変わっていないことに私は驚いた。きっと水筒や哺乳瓶を持ち歩く人は激減しているに違いないと踏んでいたのだが、そうでもなかった。液体ミルクは確かに粉ミルクに比べて高いし、私のように子どもを連れて長時間外出することが少ない人間なら、液体ミルクを一、二本持っていけば事足りるかもしれないけど、外出時間が長く、ミルクを与える回数が多い人は、液体ミルクばかり使ってもいられないのかもしれない。子どもが液体ミルクの味を嫌がって使うことができない場合もあるだろう。

また、我が家も結局、家では粉ミルクを使っている。つくる量を調節できるし、はじめの頃はミルクが主食で、粉ミルクでもあっという間に缶が空になるくらいなので、節約のことを考えると明らかに粉ミルクのほうがいい。特に寒い時期は、冷たい液体ミルクよりも、「人肌」に温かい粉ミルクのほうを○も好んだ。便利な液体ミルクが販売開始されたからといって、いきなり液体ミルクが主流になるのはやはり難しい。

とはいえ、緊急事態のために、液体ミルクを常備しておくようにはしていた。なにしろお湯を沸かし、あらかじめ消毒していた哺乳瓶に粉ミルクを入れ、お湯を注ぎ、哺乳瓶を軽く振って粉ミルクを溶かし、水で哺乳瓶を冷やす、といった作業が、液体ミルクにストローをさす（そして、ストローがまだ使えない場合は、哺乳瓶に移す）だけで完了する。販売開始当初は売られていなかったが、今では液体ミルクのパックや缶にそのままつけられる乳首も売られているので、哺乳瓶も必要ない。これは被災地で本当に便利だと思う。

二〇一八年の九月、北海道胆振《いぶり》東部地震の際に、被災地に支援物資として東京都から届けられた、フィンランド製の液体ミルク千五十本が、一本を除き使われていなかったことがニュースになった。北海道庁の職員が、日本では使用例がないし、取り扱いが難しいからと、使用自粛を呼びかけていたからだ。このニュースを知って、やるせない気持ちになったことを覚えている。その時きっと液体ミルクが使えたら、子どもがいる人たちは助かっただろうにと思った。その一ヶ月前、二〇一八年の八月に、増加する大規模な自然災害に備えるため、厚生労働省で液体ミルクの規格基準を定めた省令が施行され、日本でも液体ミルクの販売が可能になったところだった。

北海道の出来事の後の流れには希望が持てた。液体ミルクが販売開始になるらしいと、ニュースがツイッターを飛び交い、私が待ち望んでいた通り、翌年三月には、大手の会社から液体ミルクが発売。各自治体が災害に備え、液体ミルクを購入したというニュースも目にした。

でも、SNSでも不満の声があったように、災害時の物資としての需要が高まらなくても、さっさとほかの国と同じように液体ミルクを認可してくれたらよかったのにと思う。災害時の物資としてではなく、男性の育児参加を後押しするために、液体ミルクの必要性が語られていた頃もあったと記憶する。まるで女性が育児をする場合は、これまで通り液体ミルクなど楽になるアイテムなんて必要ないし、何の考慮もしないと言っているようなものじゃないだろうか。

もう六年以上前のことになるけれど、アメリカのドラマ『ヴィープ』のある回で、主人公のジュリア・ルイス＝ドレイファスが、「もし男が妊娠できたら、ATMで中絶できるようになってるはず」と言っている場面の画像が、ブログ型SNSのタンブラーで人気を集め、よく流れてきていた。だいたい同じ頃、アメリカのドラマ『NYボンビー・ガール』で、ダイナーの持ち主に女性トイレにある自動販売機のタンポンの値段を二十五セントから七十五セントに勝手に吊《つ》り上げられて、主人公の女性二人が怒る回を見た。一人は怒りながら、「もし生理があるのが男のほうだったら、タンポンはマルディグラビーズみたいに山車《だし》から無料で投げられてる」と言っていた（ニューオーリンズのマルディグラで行われる祭では、山車からビーズのネックレスが投げられるらしい）。二〇一九年、アメリカ民主党のアレクサンドリア・オカシオ＝コルテスは、「もし男性政治家が妊娠できたら、プランド・ペアレントフッド（全米家族計画連盟）の病院の数は郵便局と同じくらいあるはず」とツイッターに投稿。日本でも、テレビ番組で緊急避妊薬を特集した際に、「病院やクリニックよりも身近な薬局で購入できる選択肢は絶対必要だと思います」と産婦人科の女性医師が発言した一方で、日本産婦人科医会の副会長である男性が、日本の若い女性には「緊急避妊も含めてちゃんと教育してあげられる場があまりにも少ない。（略）〝じゃあ次も緊急避妊をすればいいや〟と安易な考えに流れてしまうことをちょっと心配している」と、予期しない妊娠の原因を女性に押し付けるような発言をして、問題になった。

何が言いたいかというと、もし男性が妊娠する側だったら、もし男性が今の女性と同じくらい育児をしている社会だったら、液体ミルクなんてとっくの昔にコンビニで買えるようになっていただろう。今よりもっと安い値段で。節約を考えて、結局粉ミルクを使うなんてことがないくらいの値段で。

そして、粉ミルクや液体ミルクが普及するようになった現在でも、「母乳」が一番であるとするヒエラルキーは変わらないのだと、Oが生まれて間もなく、私は知ることになった。

先に書いたように、Oは生まれた直後、GCUに怒濤のように連れていかれ（事前に配られた病院制作のハンドブックで推奨されていた「カンガルーケア」という、生まれて間もない新生児を母親のお腹に乗せて母子の愛情を育むスキンシップ、をやる間もなかったので、あんなに書いてあったのに、やらなくていいの〜！　と、Oとともに去っていく助産師さんたちの背中に向かって、力なく思っていた）、その後数日はそこで過ごしていたので、本来ならすぐにはじまるはずだった母子同室も延期され、私はしっかり休むことができた。

一日目、ベッドで寝ていると、GCUから助産師さんが小さなシリンジを手にやってきて、

「ここにおっぱいを入れてください」

と言った。

私がよくわからない気持ちでいると、

「少しでも母乳を飲んでいたほうがいいので、これを飲ませます」

と彼女は続け、私に胸の搾り方を教えてくれ、というか、ほとんど彼女が搾ってくれ、ぱっと〇・五ミリリットルにも満たない量を集めて、ぱっと去っていった。

この時点では、とりあえず、自分の胸から「母乳」と呼ばれるものがちゃんと出たことに対する驚きしかなかった。

その後、同じようにまたシリンジに「母乳」を集めろという指令が下ったので、他にすることもなかったので、一時間くらいかけて、二ミリリットルほど集めた。出はじめたばかりの「母乳」は黄色くて、ねばりがあり、珍しかったので、スマートフォンでシリンジに入った「母乳」の写真を撮った。

GCUに持っていくと、助産師さん二人が、

「これだけはじめから出ていたら優秀です」

とにこにこ褒めてくれたが（通常、はじめからたくさん出るわけではなく、赤ん坊に吸われているうちに出るようになるらしい）、どれくらい時間がかかったか尋ねられたので、一時間くらいと答えると、さっと顔色が変わり、

「そんなにがんばらなくていい、三十分くらいで」

と言われた。

二人の表情の変化がその時は不思議だったのだけど、二日目から授乳のたびにまだ名前がないＯが病室に連れてこられ、実際に授乳がはじまってみると、その理由が判明した。

私は赤ん坊がちゃんと「母乳」を吸えているかどうか、どうしてわかるのだろうと疑問に思っていたのだが、「ちゃんと正しく赤ちゃんが吸っていたら感覚的にわかるから」と助産師さんは言い、実際、はじめて授乳のレクチャーを受け、Ｏがふにゃふにゃした口で乳首をくわえて試行錯誤を繰り返した後、なるほどな！　と納得する感覚があった。

赤ん坊を抱いていない方の手をグーにして、胸の横あたりを少し力を入れて押すと、「母乳」の出る量が多くなる、と助産師さんが教えてくれたので、いいこと聞いた！　とばかりにぐいぐい押していると、そこまで強くは押さなくていいとすぐにストップがかかった。こんなことで本当に、と半信半疑だったが、そこを押すと、急に出てくる量が増えるせいか、Ｏがむせたり、咳《せ》き込んだりすることがあったので、どうやら本当らしかった。何かと不思議だった。

二十四時間終わることのない、数時間ごとの授乳のルーティーンが繰り返されるうちに、私はすぐに音をあげたくなった。

「母乳」はちゃんと出ているかもよくわからないし、納得のいっていないらしいOは泣いている。私の「母乳」だけでは足りず、毎回市販のミルクを足していて、ナースコールで「ミルク何ミリリットルお願いします」と頼むと、助産師さんが持ってきてくれることになっていた。GCUの保温庫には、そのためのミルクが入った哺乳瓶が並んでいた。

夜中の授乳中にOが盛大に泣いていたら、泣き声を聞きつけた助産師さんが、哺乳瓶を手に駆けつけてきてくれたこともあった。赤ん坊が寝かされているワゴンには表が吊られていて、母乳（何分間）、ミルク（何ミリリットル）と時間ごとに書き込む箇所があり、怠けられないように感じた。

ある時、助産師さんにどんな調子か聞かれたので、「なかなかうまくいかないです。ちょっと落ち込むくらい」と軽い気持ちでへらっと言ったら、その時は特にリアクションはなかったのだけど、おそらく交代の際の引き継ぎで次の担当者に伝えられたらしく、病室にやってきた別の助産師さんに妙に心配されたことがあった。

入院している間にわかったのは、助産師さんたちは入院している女性たちが退院後に安心できるよう今のうちにできるだけのことを習得させてやりたいと思う一方、絶対に無理はさせられないので、難しいバランスを保ちながら、我々のサポートをしていることだった。だから、私に「そんなにがんばらなくていい」と言い、心配したのだ。でも、産後ボロボロの体をおして授乳をしている時点で、こちらはもうすでにがんばっている状態なので、彼女たちの言っていることの意味はわかりつつも、私はなんだかちぐはぐに感じてしまい、どっちなんだよ、という気持ちにもなった。

彼女たちが細心の注意を払っていたのは、それはひとえに、授乳にまつわることはあまりにも簡単に女性を不安に陥れ、ダークサイドに落とすからだ。「母乳」が十分に出ないとあっという間に劣等感に苛《さいな》まれる。「母乳」だけで育てたいと願っている女性が「母乳」の出があまりよくない場合、かなりの心理的負担があるはずだ。産後うつになる女性も多い中で、「母乳」問題は簡単にトリガーになり得る。

完全に「母乳」で育てることは「完母」と呼ばれ、完全にミルクで育てることは「完ミ」、両方で育てることは「混合」と呼ばれている。私は最初から「混合」で育てようと思っていたのだが、それは、ネットで見ているだけでも、「母乳」に縛られるとやばいぞと、子どもを産む前から、折に触れ伝わってきていたからだった。

私は一度、「完母」で育てている女性が、授乳後に赤ん坊を体重計に乗せて、毎回の体重の増減を量り、数グラムしか増えてない、全然体重が増えない、と落ち込み気味に授乳の記録を書き込んでいるのをネットで見かけて、ショックを受けた。彼女は通っている「母乳」専門のクリニックか助産院でそうするように言われているようだった。こんなことをしていたら、「母乳」の出が悪い私が悪いのだと、自分のことを責めてしまうのも無理はない。完全に「母乳」じゃなくても大丈夫だと、ミルクでも十分な栄養は得られるし問題ない、ミルクだけで育てている人もたくさんいる、と今やどれだけ言われていても、同時に、いや、でも本来こっちが正しいんやと引っ張り返す強い磁力が「母乳」にはあり、女性はしっかり心を決め、気持ちを強く持たないと、その真ん中で戸惑い、引き裂かれてしまう。

私の病院は、そりゃできるだけ「母乳」が望ましいが、無理な時は仕方ない、とあまたのケースを目にしてきて達観した方針だったので、まだ少しは気が楽だったが、「母乳」具合がはっきりするまではできる限りやってみましょうとぐいぐい来る、結局はスパルタ方式でもあったので、入院中はしんどかった。

退院してからは、とりあえずおまえは休めとお役御免になり、夜は私の母がOと同じ部屋に寝てくれた。授乳のたびに私がOの部屋に行き、私が寝てしまって起きてこない時は、母がさっさとミルクを与えてくれた。朝、私が寝ていると母がOを連れてきてくれることもあり、ある時寝ぼけまなこのまま授乳をしながら、なんとなくスマートフォンでメールをチェックすると、英訳された私の短編「女が死ぬ」がシャーリイ・ジャクスン賞の候補になったことを告げるメールが届いていて、何この状況とぼんやりした。

(母が自分の家に帰っていて不在の時は、Oの布団を寝室に移動させ、夜中、まずは私が授乳している間に、Xが私の「母乳」が足りなかった場合に備えて、ミルクをつくり

に二階の台所に走った）

授乳をするたびに、スマートフォンのアプリで、「左乳」「右乳」の授乳時間をタイマーで測るのだが、人によって出る量は違うだろうから、時間で記録することに意味はあるのだろうかと疑問に思いつつ、でもそれ以外の方法もなく、「左乳」「右乳」を記録し続けた。時間を決めて左右を交代し、同じだけの時間授乳するのがいいと書かれていたので、最初はできるだけそうしようとしたものの、せっかく飲んでいるのを引き剝がすのもしのびなく、すぐになあなあになった。授乳の間は時間を持て余すので、数年前にシーズン1だけ観賞済みだったドラマ『ゲーム・オブ・スローンズ』をひたすら見ていた。ちょうど最終シーズンの世界同時配信がはじまっていたので、必死に追い着いた。

いまだにあれはなんだったのだろうと思い出すのは、時々、授乳中に、過呼吸の前触れのような感覚に襲われたことだ（過呼吸にはなったことがないが、こんな感じなんじゃないかと思った）。あと一秒でも長く授乳が続いたら過呼吸がはじまるか自分が何か叫ぶんじゃないかと不安になるぐらいの感覚で、でも実際はそんなこともなく、その切迫感のある変な感覚がしばらく続いた。「母乳」は自分の血液なので、自分の体の一部が否応《いやおう》無しに搾り取られることへの恐怖感だったのかもしれない。

最初の頃は、寝ている間に胸が張って痛みで目が覚めたり、「母乳」が勝手に溢れでてTシャツを濡らしていたこともあったが、昼間パソコンを持って外に出てカフェなどで仕事をしていると、その間はミルクに頼ることになり、夜も私が思いっきり寝ている間にミルクを飲ませてもらってしまうことも少なくなく、そうしているうちに、私の「母乳」の出る能力は安定しないまま、おそらく下がっていった。

私より数年前に育児生活に突入した友人は、とにかく「母乳」がよく出るので、ある時など出すぎて子どもが「母乳」で溺れそうになったと語っていたが、私はそんなことは一度もなく、Oの様子を見ていると、「母乳」だけで満足して眠りにつくこともあったけれど、基本的にはいつもギリギリちょっと足りない感じがあった。

ここで気持ちを入れ替え、しっかり自分の「母乳」に向き合う選択肢もあった。病院の助産師さんからも、退院後「母乳」のことで困ったらと、私の家の近くにある、「母乳外来」のあるクリニックを教えてもらっていた。経験としても、「母乳外来」に行ってみたい気持ちはあった。

迷信などに惑わされない理系の育児を謳う「母乳」の本もぺらぺらとめくってみたのだが、どのページからも「母乳」イズベストのマインドが強めに漂っていて、理系を謳ってこれかよ、なんだよ理系ってと、さらにやる気をなくした。

そのまま面倒すぎて、なんとなく「母乳外来」に行かないまま半年ぐらい経った頃、Oは「母乳」を拒否することが多くなった。哺乳瓶でミルクを飲むほうが楽だし、量的にも安定して供給されるので、そっちに慣れてしまうと、自分で吸いださなければならず出のよくない「母乳」は面倒だったのだろう。満足に飲めないフラストレーションのせいか、私の乳首をぱっと吐き出すと、高らかに泣くようになった。

最初のうちは、乳首を嫌がって泣くOの様子（気をつかう能力がないので、全力で嫌がる）に悲しくなったりしていたのだけど、私はそれまでに、SNSで「母乳」を〝あきらめた〟女性たちの言葉を浴びまくっていた。

彼女たちは、悩んだり、泣いたりしつつも、ミルクでも子どもは満足しているし、いつまでも「母乳」にこだわらずに、子どもと楽しく過ごしたほうが二人にとって幸せだからと、気持ちを切り替えて、育児をしていた。彼女たちがすでに悩んで考えてくれたのだから、今ここで私がまた悲しまなくてもいいな、そもそも悲しいのかもわからんな、の気持ちになり、Oもミルクでまったく問題なさそうだったので、私は「母乳」から解放されたのだった。

たった半年間でも、「授乳」というなかなかない経験もできたし、たった半年だったのに、私の片方の乳首はへにゃっと力なく変形し、元に戻らなくなった。

Oは一緒にお風呂に入っている時も、今や私の乳首を何か取っ手のようなものとしか思っておらず、時々不思議そうにつかんだりしているが、「母乳」の日々のことなど、すっかり忘れているようだ。

7章

「ワンオペ」がこわい

「もういつ死ぬかわからないから、育児にめちゃくちゃ関わらせてほしい」

妊娠したことを母に伝えた時、二言か三言めぐらいに母はこう言った。

七十代前半の母は長らく専業主婦だったが、二十年近く前に父が死んだ後、専門学校に一年通い、若者たちが試験に落ちるなか一発で社会福祉士と介護福祉士の資格を得て、その後は主に高齢者と障害者の居宅介護支援事業所で働いてきた。つまり介護のプロであるので、もちろん介護のプロでなかったとしても同じだったが、こちらとしてもありがたかった。また、Xの母は現役の保育士であるため、祖母二人に謎の頼もしさがある状況だ。

前に書いた、家に新生児訪問に来てくれた区の担当者の女性も、私だけにいくつか聞きたいことがあるからと、少しの間母に席を外してもらった後（病院でも妊娠中、出産後にアンケートが配られ、妊娠や出産、育児によって精神的に追い詰められていないかを、事あるごとにチェックされた）、母は何か仕事をやっているのかとついでに聞いてきたので、介護関係ですと答えると、やっぱり、この人はただ者じゃないと思った、とうなずいていて、彼女の前で母は特に目立つようなことは何もしていないように私には見えたが、同じケア従事者にはわかるものがあるらしい。

冒頭の会話を、母がこう言っているが、とXに伝えたところ、「オッケー、ありがたいね」といつもの軽い言葉が返ってきたので、関西に住む母は私の妊娠中も数回は東京にやってきて何かと手伝ってくれ、臨月になってからはそのまま出産までそばにいられるように仕事を長めに休んで来てくれた。

ただ、予定日の一週間前に数日ほど、以前に約束していた仕事のために一度関西に戻ったのだが、よりにもよってそのタイミングで私が前期破水し、それを勤務中に知らされた母が職場の人たちに事情を言うと、「いいから急いで行ってあげて」と送り出してくれたので、すぐに新幹線で戻ってくるという、なんとも忙《せわ》しないことになった。

そしてOが生まれ、入院中もXは一度しか来なかったが（根に持っているので、一度しか来なかったことを私は時々Xに思い出させている）、母は我々の家から毎日通ってきてくれて、準備していなかった授乳クッションなどいろいろと買い物や用事を済ませてくれた。そして一週間後、私とOは退院し、迎えに来たXと母とともに家に帰った。

私が住んでいるのは、今は多少は改善されたそうだが、ある頃は日本一待機児童が多い区として名高く、同じ区に住んでいる数年前に出産した同業の友人は妊娠中から保育園探しに奔走したのに、結局保育園に三十以上落ちている。さらにその前には、匿名の「保育園落ちた日本死ね！！！」というブログで発せられた言葉がメディアにも大きく取り上げられた。家で仕事ができるフリーランスは働きながら子どもの面倒も見られるだろうと考えられがちで、保育園の必要性を認められない場合が多いという情報は、もう甘い夢など見る気にもならないほど見聞きしていたので、私は妊娠中から、自分が保育園に受かるとは露ほども信じていなかった。

　妊娠中に何度か行った近所にある美容院でも、オーナーが子どもたちを保育園に入れるのにどれだけ紆余曲折《うよきょくせつ》があって苦労したか、と周辺の保育園事情を細かく語ってくれた。保育園ごとの特色や人気の度合い、○○保育園はキャラクターがついていない知育玩具を使っていて、教育に力を入れているが、□□保育園は有名なアニメキャラクターとかのおもちゃを使っていたりして、オーナーとしては指導に疑問を感じる、などの豆情報は大変参考になったが、中には、保育園関係は自民党が強いから、自民党に投票してください、と言われて投票したのに保育園に落ちた、などと内心後ずさりしたくなる話もあり、そんなこと私は絶対にできないと、ますますやる気を失っていた。とりあえずは、母もいてくれることだし、保育園を慌てて探すことはせずに様子を見ようと家で話し合い、母が仕事で帰らないといけない時は、私とXでがんばることにした。

　出産後、医療証をつくってもらうために行った区役所では、こちらがまだ何も言っていないのに、保育園はどうしますかと担当者の女性から切り出され、はやく登録しないと大変です、今日話を聞いていきますか、と百パーセント善意で引き止めてくれたが、あ、今度また来ます、と私がぼんやり帰ろうとするので、ほんとに大丈夫なんかそれで、と書かれた顔で彼女は見送ってくれた。

そのまま今日まで、母が稼いでいたのに近い金額を私が母に払うということにして、仕事を辞めた母はほとんど同居状態で、Oを見てくれている。

早朝、まだ私が眠っている間に、母とOはベビーカーで散歩に行く。鬼のようなコミュニケーション能力を持つ母は（かつてどこかの温泉旅館に泊まった際、同じタイミングで入った浴場で、私が先に頭や体を洗い終わって振り返ると、母がすでにお湯につかって見知らぬ女性たちの輪の中で、旧知の仲のように盛り上がっているのを見た時は、知らないふりをして露天風呂に逃げた）、近所の畑で六十代くらいの男性が無農薬の野菜を売っているのを見つけて野菜はそこで買うようになり、最初はその男性も「東京の人」らしく寡黙であまりしゃべってくれなかったが、おしゃべりな母とOが毎日のように野菜を買いにくるので、今ではいろいろと話してくれるようになり、しばらく顔を見せないと心配さえしてくれ、この前はプチトマトを取り置いていてくれていて、Oの好物だからあげる、とおまけにくれたりした。その近くのコンビニの店員さんたちとも二人は仲良しだ。

コンビニの向かいには公園があるのだが、そこで母が出会った女性は、子どもが双子なので、とてもじゃないがお金がかかりすぎて保育園に入れることができず、仕方なく自分で子どもたちを見ていると言っていたそうだ。彼女は同じような女性たちと知り合うことができたので、協力して、公園で一緒に子どもたちを遊ばせているらしい。

この同居生活は、住んでいる家が古い一軒家で、部屋数が多いから可能だったところも大きいかもしれず、部屋数の少ないマンションだと、厳しかったかもしれない。あとXが良くも悪くもおおらかな性格だったのも幸いした。

前田敦子《まえだあつこ》が出産後のインタビューで、出産前に彼女の実家のサポートを夫が提案してくれたことに感謝している、と話している記事を私はネットで見たのだが、その時コメント欄に、夫がするべき育児を実家が手伝ってくれているのに、どうしてこんなことで女性は感謝しないといけないんだ、といったコメントがいくつかあった。

それは本当にそうなのだが、それ以前に、様々な理由で相手や自分の家族や、他者と頻繁にかかわらないといけないことが苦手な人だっているだろう（私も気をつかっていると仕事に集中できない）。しかし余程のことがない限り、人間関係が苦手とか言っている場合じゃないよな育児は、というのも真理ではある。

元々前田さんのことが好きだったうえ、出産の時期が近かったこともあり、彼女に関するニュースはついついチェックしてしまうのだが、その後の彼女は、育児に協力してくれず、飲みにばかり行っている夫への不満で〝感情的〟になることがあり、夫婦仲が危機に瀕《ひん》していると報道された。コメント欄は彼女の〝ヒステリックさ〟が原因であるとする記事の書き方に何の疑問も持たずに同調している人ばかりで、「育児に協力してくれず、飲みにばかり行っている夫」の部分はなぜ素通りなんや、とドン引きしながら見ていたのだが、夫と別居、そして離婚、と報じられていくうちに、育児と仕事を夫不在のまま続けている彼女の様子がニュースになるたび、一人でえらい、育児中に協力してくれなかったらそりゃ感情的にもなる、夫がおかしくないですか、といったコメントが増えていき、勝手に安堵していた。

普段から、母に0を見てもらいながら仕事をしていて、一応家の中に大人が三人いる状態に慣れてしまうと、育児の「ワンオペ」ことワンオペレーションがどれだけ恐ろしいことかと震撼《しんかん》させられる。

私の実感だと、最低でも三人は欲しい。二人でもいっぱいいっぱいになってしまうのに、世間では「ワンオペ」が普通のかたちとされていて、現段階では、その「ワンオペ」を行うほとんどが女性になっている。本当に「ワンオペ」で大丈夫な場合はいいのだが、多くの女性は、「ワンオペ」に苦しさや限界を覚えながらも、それ以外の選択肢がない。

母親は「ワンオペ」で子どもを立派に育て上げるのが当然、とでもいうような社会からの圧力がある現状では助けを求めにくい人もいるだろうし、できない自分が悪いと思い込んでしまう人もいるだろう。家族や外部のサポートを受けられれば解決する、という単純な話でもない場合も少なくない。もともと家族と助け合える関係性になかったり、相性が悪かったりする人だっているだろう。そんななか、三つ子を「ワンオペ」で育てていた女性が産後うつになり、生後十一ヶ月の子どもの一人を床に叩きつけて死なせてしまう事件が起こってしまい、子どもを失ってしまった女性自身が罪に問われた。やりきれない気持ちになる。

（ちなみに、ネットニュースのコメント欄ばかり私が見ていると思われる方もいるかもしれないが、コメント欄だけでも人々の意識が変わっていく様子は歴然とわかる。こういった、母親が周囲の助けを得られずに、結果として子どもを殺してしまった事件は、以前なら、全面的に母親が責められる風潮が強かった。しかし、今だと、その時父親はどうしていたのか、誰も彼女を助けてあげられなかったのか、どうして母親ばかりが悪者にされるのか、といったコメントがずらっと並ぶようになった。望まない妊娠をし、相手にも逃げられた若い女性が生まれたばかりの赤ん坊を遺棄してしまった事件でも同様である。この変化は大きい。また、ちょうどこの原稿を書いている最中に、十六歳で出産したモデルの女性のSNSに「親に甘えすぎ」というコメントが寄せられたらしく、彼女は「全く頼ってないです」「（同じくモデルの十八歳の男性と）２人でしっかり育ててます」と反論したのだが、この出来事をまとめたニュースのコメント欄も、親に頼って何が悪い、どんどん頼ればいいの大合唱だった）

まだ母が仕事を辞める前、Oが生まれてから数ヶ月から半年ぐらいの頃に、母は一度仕事で一週間ほど母の家に戻った。Xは家にいれば育児は普通にするのだが、平日は会社に行かないといけなかったので、日中は私の「ワンオペ」になり、はやく帰ってきてくれと言っても、仕事も忙しくて余裕がなく、さらにおおらかな性格なので平気で二十二時くらいに帰宅。遅いと言っても、ごめーんと悪びれない返答があるだけだった。

この一週間は、平日は仕事ができないだろうと踏んでいたので、連載原稿は先に片付けて臨んだのだが、予想通り本当にできなかった。一人でOに授乳し、おむつを替え、お風呂に入れ、その作業をひたすら繰り返していると、外の世界を別段意識していなくても、空間がぎゅーんと縮む感覚があった。Oはまだハイハイもできず、同じ場所で起きているか、眠っているかの二択しかなく、まだ小さいのに、その存在感と吸引力は巨大で、否が応でも私の意識は常にそこに吸い込まれ、横で眠っていても、Oが少しでも動くと、私はすぐに覚醒した。ずっと疲れが取れなかった。

まだOが小さかったので、日中抱っこ紐《ひも》で外出する気にもならず、二人でずっと家の中にいた。ある時いてもたってもいられない気持ちになり、夜Xが仕事から帰ってきてから一人散歩に繰り出し、延々と歩いたのち最寄りのロイヤルホストに入って、季節限定のぶどうのパフェを食べたりもした。ぶどうが酸っぱかった。

週末、夕方からイベントごとに出かけるXに、行くのはいいけどはやく帰ってきてくれとこの時も言ったのだが、イベント後の飲み会も楽しかったらしく最後まで残り、また遅くに帰ってきた。あまりにも邪気なく、最高の夜だったと言うので、まあそんなに楽しかったならとこっちも毒気を抜かれた。

逆の立場なら自分なら平気だから、これも大丈夫なはず、という考え方をすることがXにはままあるのだが、逆の立場が存在しない状況でそれをやると、ただ一方的で、家のことを何も考えていないように見えることを想像できておらず、共同生活を送るうえで私としてはさすがに信用ができないと感じることが、初期は何かとあった。

信用できないと、いろいろナメんなと、そのたびに言い続けたので、今はわりと変わってきたが、この前もOを図書館等に連れていこうと三人でベビーカーで外出したら、歩き出してから、自分は図書館の後そのまま仕事に行くからとそのタイミングで言いはじめ、そういうのは外出する前にこっちの了解をとっていないと成り立たない行動であり、最後私一人でOを抱っこしながら、荷物や畳んだベビーカーを持って家の前にある石段を上る大変さをわかっていない、としつこく言ったのだが、逆の立場だったら自分は平気だからと、自分だけでベビーカーで外出したこともないのに言い出し、またいろいろナメんなの話になった。とはいえ、私が小説の自主缶詰で数日から一週間ほど家を空けることになり、Oと私の母と猫と家に残されても「オッケー」の一言で済むので、一長一短である。

そんな感じで「ワンオペ」体験に軽い恐怖を覚え、仕事ができないこともわかったので、また同じように母が一週間ほど帰ることになった際は、Oとともに私も母についていった。Oにとっては、はじめての新幹線体験になった。

これまでに書いたように、Oは出産時にすぐ産声をあげなかったのでGCUに数日入っていたこともあって、出産したS医療研究センターで定期的に健診があり、同センターのアレルギー科にも通っており、それとは別に果てなき予防接種のスケジュールもあり、病院に行く予定がてんこ盛りだった。

私はOの病院に一人で行ったことがなく、平日はたいてい母が一緒に来てくれるか、Xも数回同行した。母はサポートの意味合いだけではなく、好奇心旺盛なので来たがる側面もあるが、出かける準備をして、子どもをベビーカーに乗せて電車に乗り、さらにバスに乗り継いで病院に行くのは、一人では大変な作業だ（抱っこ紐然《しか》り）。帰ってきても当然休めるわけもなく、子どもを着替えさせたり、おなかをすかせていたらごはんやおやつの用意をしたり、お風呂に直行したりといった、次のムーブにそのまま突入しなくてはならない。二人いれば分担できる。

電車やバスの段差のある乗り降りや、バスに乗る際にベビーカーの下のかごに載せていた荷物を降ろしてからベビーカーを畳んだりする作業を一人でやりながら、同時に子どもにも気を配れ、なんてどう考えても無茶振りなのに、世の中ではこれに慣れるのが当たり前とされているのが解《げ》せない。ベビーカーを畳んで子どもに何かあると危険なので、ベビーカーを畳まずにバスに乗ることは国土交通省も認めている。しかし、SNSでは、バス内でベビーカーを畳まずに怒られたり、子どもがうるさいと白い目を向けられたりした母親たちの体験談が溢れており、母親たちの四面楚歌《しめんそか》がすぎる。二〇一九年には、双子用のベビーカーとともにバスに乗ろうとした女性が、運転手から乗車拒否をされた出来事もニュースになった。

また、バスの中で抱っこ紐の留め具を誰かに外されていたことに気づいた女性の話がSNSである時話題になっていた。同様の話は何度か目にしたことがある。

この時、抱っこ紐の会社に問い合わせ、抱っこ紐の留め具はそんなに外れやすいのか確認した人の文章を読んだ。その人はどの会社も商品はしっかりつくっているとのことだったので、はじめからこの女性がちゃんと留め具をはめられていなかったのではないかと結論づけていて、私は怒りでいっぱいになった。抱っこ紐の留め具はちゃんとはめられないまま、歩けるようなものではない。カチッとしっかり留めて、はじめて動き回ることができる。だから、その女性がちゃんと留め具をはめていなかったというのはほとんどあり得ない。私が最も腹が立ったのは、その文章を書いた人が店などで試着をしてみもせず、抱っこ紐の会社に問い合わせただけで、何か真実にたどり着いたかのように書いていたことである。残念ながら、今の日本社会は、悪意で留め具を外す人が絶対いないとは言い切れない社会だ。こうやって女性の経験談をかんちがいだった、この人のやり方が悪かったと無効化することも、本人にその気はなくても、悪意の一つのかたちではないだろうか。

病院に着いたら着いたで、もう一人いれば、何かと助かることが多い。

S医療研究センターは大きいこともあって、一人で来ている女性も多いけれど、一方で、夫のほか祖父母たちがサポートについてきてくれている様子もよく目にする。母親が子どもの健診に付き添っている間に、祖父らしき男性が廊下のイスでもう一人の子どもにミルクを飲ませてあげている図など、とてもいいものだ。男性一人で子どもの健診に付き添っている姿もここではめずらしくない。

こういう光景を目の当たりにすると、育児にまつわる景色がもっと多彩になることを祈りたくなるし、実際にすでに多彩であることが、もっと周知されたらいいのにと思う。そして、なんらかの理由で、育児を一人で抱え込まなければならない状況に置かれた人が、その人に合った、適切なサポートが受けられる選択肢が社会に整備されてほしい。

さて、できる限り「ワンオペ」を避けようとする私の日々に、コロナ禍が降りかかった。

　六月のある日、いつも通りOを連れて母とS医療研究センターに行くと、正面玄関が閉鎖されており、西側にある入口に回るように書かれていた。

　その通りにすると、入口の前に立っていた男性が我々に近づいてきて、

「病院内での付き添いの方の数を制限しているので、お母さん一人しか入れません」

と申し訳なさそうに言った。

　仕方がないので、母は中庭で待っているか近くでお茶をしていると言って引き返し、私とOだけが中に入った。

　入ってすぐに、センサーで体温を測るカメラのようなものがあり、通過する我々の様子がモニターに映っている。頭の上あたりにそれぞれの体温が出ている。

　無事に通過し、突き当たりの長机に座っている女性たちにどうしたらいいか声をかけてみると、「前は○○が必要だったと思うんですけど、いらなくなったので、このままいつも通りで大丈夫です」と言われ、病院内の新型コロナウイルス対策にも変遷があったらしいことが窺《うかが》えた。

　内心私は不安を感じていた。なぜなら、病院でOと二人きりなのがはじめてだったからだ。まるで私が「ひとりでできるもん！」状態だ。

　中庭に母の姿が見えたのでOと手を振って、エレベーターに乗ると、計測と健診を行

う二階に向かった。

体重や身長、頭の大きさなどを測る計測は、一ヶ月健診の頃などはまったく泣かずに、近くにいた、弟か妹についてきた幼稚園くらいの女の子に「あの赤ちゃん、えらい」と淡々とした声で褒められたりしていたのだが、何度も病院での経験を積み重ねているうちに今ではさすがに泣くようになり、仰向けの状態で測ってもらうはずの計測台の上で泣きながらなぜか仁王立ちになり、「これがいいのね」と助産師さんたちに言われながら、頭を測られていた。

計測後も、頭を測られたショックで泣き続けるOのおむつをトイレで替えようとしてベビーカーが個室に入らずもたもたしては、もう一人いれば、片方がベビーカーと待機している間に、もう片方が子どもだけ抱いてトイレに入れるのに、と思い、その後もまたショックがぶり返し泣いているOにミルクを与えながら、もう一人いれば、片方がOを抱いている間に、もう片方がミルクの準備ができるのに、と思い、いちいち「ワンオペ」の理不尽さを感じつつ、しかし絵本コーナーで絵本を読んであげたらOはにこにこしはじめ、健診もそんなに待たされることもなかったので、なんとか無事、「ひとりでできるもん！」を終了した。

次回もまた「ひとりでできるもん！」かあ、と半ば諦念の境地で、心を強く持って臨もうとしたのだが、付き添い一人だけのルールが徐々に緩和されたため、病院での「ひとりでできるもん！」体験は今のところ、まだ一度きりだ。

この件でもつくづく思い至ったのが、私が「親」であることに慣れていない、という事実だ。「ワンオペ」を回避しようとするあまり、一人で行動することが少なく、どうもどっしりと構えていることができない。

私から見れば、どっしりと構えているように見える親御さんたちも内心ではひやひやしているのかもしれないが、私ときたらベビーカーを押しながら一人でドーナツ屋に行こうとして、あ、あの店そういえば入口にめちゃくちゃ段差があった、自信ないから行くのやめようかな、でもがんばってみようかな、などとおどおど店に向かい、なんとかベビーカーで段差をうまく越えられて、は～、やったよ～、と胸をなでおろすような体《てい》たらくぶりである。

保育園にも通わせていないし、「親」として周囲と関わることが少ないせいか、病院等だと大丈夫だが、予期していない瞬間に「親」であることを求められると、咄嗟《とっさ》に反応できず、この前も公園で幼稚園くらいの女の子に「赤ちゃん、かわいいね」と話しかけられて、「あ……ありがとうございます」と一礼してしまった。

保育園に通わせないまでも、そろそろ区の子ども向けの施設に行ったりしようかと話していたところに、コロナ禍がはじまったので、今無理に人がいるところに行くのもなんだなとすべて後回しになり、とりあえず0は近所の図書館に行ったり、線路沿いを歩いて大好きな電車を見たりと、地味な毎日を過ごしている。私も「親」の練習ができていないままだ。

8章

うるさくないね、かわいいね

先日、新刊の取材を自宅の最寄りの、それなりに大きな駅でセッティングしてもらった。待ち合わせ場所であるカフェに、取材をしてくれる新聞社の記者さんやカメラマンさんが現れ、まずはカメラマンさんが、記者さんや担当編集者さんと適当な話をしている私の写真を撮ってくれた。

初対面の挨拶から二十分もかからずにカメラマンさんの仕事は終わり、バタバタと先に帰る準備をはじめた彼が、最後になんの気なしにこう言った。

「家、このお近くなんですか？　うちもここまでバスで十五分くらいなんでよく来るんです。○○ってパン屋が線路沿いにあるじゃないですか。あの二階から電車がよく見えて子どもが喜ぶんです。大人はビールも飲めるし。子どもが小さいと膝に乗せて見せないといけないかもしれないですけどね」

それだけ一気に言うと、お騒がせして申し訳ありません、とお店の人に挨拶をしながら、カメラマンさんは風のように去っていった。

カメラマンさんが世間話としてさらっと口にしたこの一言は、その時の私にはめちゃくちゃありがたい情報だった。一歳半になったOが電車にみるみるはまっていったからだ。

　ある頃から、Oとベビーカーで散歩に行った母が、

「この子電車が好きみたい」

　と言いながら、帰ってくるようになった。線路沿いや踏切の近くに来ると、電車を指差したり、体をぼんぼんと動かしたりして、帰ろうとすると抗議の声を上げるので、なかなか帰ってこられない、と言う。

　私がベビーカーで散歩に連れていっても同じような感じで、電車に寄せる執着心は、他の何に対してよりも強いようだった。もう目が違う。

　せっかくなので電車の図鑑なども買ってみたが、それも喜んだ。他の絵本だとちょっと難しいとすぐに興味を失うのに、電車の絵本だと最後までじっと集中し、何度も読んでもらおうとする。写真でも、絵でも、ページに写り込んだ（描き込まれた）どんな小さな電車（やその一部）も見逃さず、私の指が電車を知らずに隠していると、手をはねのけられる。YouTubeで子ども用に編集された電車の映像を見せても静かに興奮し、見せろ見せろと事あるごとに催促し、最近では仕事をしている私の部屋に自らやってきて、膝の上に上がると、パソコンの画面をYouTubeに変えるよう要求する。『きかんしゃトーマス』は、最初にテレビでアニメを見た時は、機関車の先頭に顔がついている

のが恐ろしかったらしく、泣きながらテレビの前から逃げてきた。その後は、私の体にしがみついて恐る恐る見ていたが、回を重ねるごとに慣れてきて、今ではすっかり好きになっている。

Oは擬人化された顔がついているものが急にこわくなる時期がこれまでに何度かあって、はじめての絵本として有名な松谷《まつたに》みよ子の『いないいないばあ』（童心社）の動物の絵も、しばらくは平気だったくせに、数日間急にこわくなったらしく、盛大に泣いていた。その数日間が終わると、また何事もなかったかのように、キヒヒと時々笑いながら絵本を読んでもらっていた。そういう時期も、山脇《やまわき》百合子《ゆりこ》の絵は大丈夫なので、改めて偉大さを思い知った。『アグリー・デリシャス』のデイヴィッド・チャンと私は同じ年の同じ月に子どもが生まれたので、彼のインスタグラムをよく見ているのだが、以前、にっこりしているしまうまの顔がついた、あんよができるおもちゃでデイヴの子どもが遊んでいた。ネットで調べたら同じ物が売られていたので買ってみたのだが、やはりこの時期だったせいで、見せた瞬間にOは泣きはじめ、その日はひたすら泣いていた。

ぬいぐるみもこわがる時期があり、Oのぬいぐるみの大半はもともと私のものだったのだが、特に『スター・ウォーズ』のヨーダのぬいぐるみは忌み嫌われ、Oはそのぬいぐるみが入っているとわかっている籠さえ目に入らないように避けていた。

そういえば、私がだいぶ前に自分のために買った、『ぐるんぱのようちえん』のぐるんぱの耳が立体になっている長方形のクッションを、ある時Oの枕にいいんじゃないかと渡してみた。結果、常にその枕で寝るようになり、事あるごとに枕と一緒に移動しようとし、Oがはっきりと気に入った最初のものになった。この調子ではすぐにボロボロになりそうで、今も買えるのかと検索してみたのだが、すでに売っていないようで残念だ。

とにかく今、Oの中で最も熱いものが電車で、我々はその情熱に応えることしかできない。

そんなことを何一つとして知らないはずのカメラマンさんがぱっと与えてくれた情報は、まるで天啓のようだった。

いい情報を手に入れたと私は家に帰ってすぐに話し、その日から数日のうちに、教えてもらったパン屋にOを連れていった。

確かに、そのパン屋の二階は窓ガラス越しに真ん前の線路を見下ろすことができる高さで、次々と行き交う電車にOは大喜びし、最終的に飽きて自分からイスを降りようとするまで、我々は延々と電車を見ていた。

それからまた日々が過ぎ、できることが増えていくと、Oの中で外に行きたい、遊びたい気持ちがひましに高まっていき、家の中にいるとストレスが溜《た》まるのか時々頭をごんごん床に打ちつけたりするようになった（その後、やりたいことを大人たちに止められたり、手出しされたりすると、その都度頭をごんごん床や壁に打ちつけて抗議するレジスタンス期に入ったが、しばらくすると落ち着いた）。こうなると、コロナ禍を心配してばかりもいられなくなり、Oは本格的に公園・児童館デビューを果たした。

ある時、家から一分くらいのところにある公園の砂場でOが真剣に砂をスコップですくっている間、同じように砂場で遊んでいる、五歳の男の子とちょうどOと同じくらいの年齢の女の子を連れてきていた快活な女性といろいろと話していると、Oが電車にはまっている話になった（彼女の家でも、妹のほうが家にずっといることにストレスを感じて「〃発狂〃したから連れてきた」とのことだった）。

彼女が、うちもそうだとうなずいた後、

「あの場所知ってますか、あの駅の近くの二路線が見えるところ」

と言うので、この前カメラマンさんに教えてもらったパン屋の二階のことかなと思い、

「○○の二階のとこですか？」

と答えると、

「あ、そこじゃなくて、△△のある通りをずうっと上に上がっていったとこです。二路線が見えて、電車が近いから、車掌さんが手を振ってくれたりするんです」

と、新たな電車スポットを教えてくれた。

暗くなってきて、三人は我々より先に帰っていったが、自転車の前に女の子、後ろに

男の子を乗せて、去っていく彼女の声が最後に聞こえた。

「うちは助けてくれる人がいないから、ママ一人でがんばらないといけないの」

よく聞こえなかったけれど、Oと私と一緒に私の母がいたことについて男の子が何か言ったみたいだった。また会えるかなと公園に行くたびに思っているけど、まだ再会はできていない。

パン屋の二階に加えて、彼女に教えてもらった二路線が見えるという電車スポットも、その後行くようになった。

駅前の細い坂を上っていくと、駅のホームが一望でき、行き来する電車がよく見えた。我々と同じように、電車を見に来ている親子にもよく遭遇する。Oが電車にはまる前までは、こんな風に電車が見られるスポットを求めて日々街を徘徊する層がいることに、気づいてもいなかった。

教えてもらった電車スポットの行き帰りも、できるだけ線路沿いを歩き、電車との遭遇を一回でも増やすようにしている。

これも最初母に教えられた場所なのだが、隣町の住宅街のあたりで線路がカーブしているところがあって、そこだと、踏切を過ぎた後に家々の陰に隠れた電車が、次の小さな通りで再び姿を現すのが一度に見え、多角的に楽しめるので、Oが気に入っており、今では私も気に入っている。

その先を歩いていると、踏切のある通りにさしかかる我々と電車のタイミングが合うたびに、一瞬とはいえ電車が見られるので、Oはその一つ一つの瞬間にも情熱を燃やし、目を凝らしている。

線路から離れて家のある方向に坂を上りはじめても、振り返って、小さくなっていく踏切をじっと見ている。そして、どれだけ遠くても、電車が横切ると、声を上げる。Oとベビーカーで出歩くまでは意識したことがなかった電車のある風景に、私もまるではじめて来た街のように出会うことができた。

この二つの出来事によって、自分では必要だと思っていなかったが実は必要な情報が急に思わぬところから与えられる瞬間が来る、という知見を私は得た。それでもう一つ思い出したのは、臨月の時のメールのやりとりである。

臨月に入った頃、ある新聞社から書評の依頼があった。すでに読んでいた作品だったのでこれならできると引き受けたのだが、設定されていた締め切りが出産予定日のちょうど一週間前で、何かあった時にやりとりの途中で連絡できなくなってしまうかもとお伝えし、原稿のやりとりとゲラの確認をはやめにさせてもらうことにした。

実際、校了した四日後に前期破水し、入院したので、はやめに進めさせてもらうことができて本当にありがたかったのだが、退院した頃にちょうど書評が紙面に掲載され、もう一度担当の記者さんからメールがあったので、無事生まれたことを報告すると、彼女からの返信の最後に、こんな一文が添えてあった。

「私は、子どもが赤ちゃんのころは自分が疲弊しすぎていて、動画をあまり撮らなかったのをいまでも悔やんでいます……」

そういえば、私、動画を全然撮ってなかった。というか、入院中になぜ一度も動画を撮らなかったのか！　撮れよ私！

（入院中は、授乳のサイクルに常に追われており、それ以外の時間はベッドに倒れ込んでいたため、動画を撮ろうなんて思いつきもしなかった）

ハッとして、ただちに後悔し、その一文を吸収した瞬間から、私は『ちびまる子ちゃん』に出てくるたまちゃんのお父さんのように、何かあると、何かなくても写真や動画を撮る人になった。今もその一言に感謝している。

ここまで書いてきた出来事もそうだが、Oが生まれてから、周囲の人々それぞれの経験に基づいた集合知の素晴らしさに胸打たれることが少なくない。

数ヶ月前、デパートの地下通路をベビーカーを押して駅に向かっていると、

「あれ、靴下はいてない！」

と母が声を上げた。

見ると、ベビーカーに澄ました顔で座っているOが、いつの間にか靴下を脱いで裸足《はだし》になっていた。

あれれ、と我々が来た道を振り返っていると、通りすがりの、小学校高学年くらいの男の子と一緒にいた六十代くらいの女性が間髪を容《い》れずに、

「あ、ゴディバのあたりで靴下見ましたよ」

と声をかけてくれた。

お礼を言ってから、Oと母をその場に残して私だけデパ地下に戻り、言われた通りにゴディバを目指すと、確かにゴディバのブースのすぐ近くにOの靴下が落ちていた。

靴下を拾って戻りながら、さっきの女性はよく見て、よく覚えていたなと感心してしまった。子どもの靴下なんて、何かしら思うところがないと、すぐに意識から消えてしまうだろう。子どもが靴下や靴、帽子など、身につけているものを知らないうちに脱いでしまうのは、子どもと過ごしたことがある人ならよくあることだとわかっているはずなので、おそらく孫と一緒だった彼女は、経験上よく知っている現象として、その落ちている靴下を見て、記憶していたのだろう。そして、靴下がない、と困っている我々を見て、すぐにさっきの靴下と結びつけることができたのだと思う。見事だった。

また、Oがまだ三、四ヶ月くらいだった頃、いつもの通りS医療研究センターで健診があったのだが、その日は待ち時間が格段に長く、その頃は何に対してもわりと泰然としていたOも、さすがにぐずりはじめた。ぐずっているOを抱き上げると、Oはもがいた拍子に軽く壁に頭をぶつけ、そのショックでますますぐずった。

すぐ近くのテーブルでは、同じように健診を待っていた幼稚園くらいの女の子がワークブックのようなものに静かに取り組んでいた。

私の母が、

「うるさくてごめんね～」

と女の子に言うと、横で見守っていた女性が、

「うるさくないね、かわいいね」

と、柔らかい声で、ワークブックに没頭している女の子の頭のあたりに声を置くような感じで、言ってくれた。

その女性も、女の子がもっと小さい頃、女の子が泣いたりぐずったりした時に周囲に対して気をつかったり、申し訳ない気持ちになったことがあったはずだ。だから、こっちの心の負担にならない言い方をしてくれた。もちろん経験したことがなくても、それができる人もたくさんいる。

それにしても、

「うるさくないね、かわいいね」

というフレーズはキャッチーで、優しくて、心に残った。

こういう瞬間に出会うたびに、その場に偶然居合わせたり、メールでやりとりをしただけだったりする間柄でも、ゆるいネットワークでつながっているんだなと感じられる。

社会って、コミュニティって、こういうところからはじまっているんだと。

反対に、妊娠中は時々、このゆるいネットワークが断線していることに嫌というほど気づかされることがあった。

たとえば、電車の優先座席である。

妊娠中、私はいろんな人に席を譲ってもらった。

覚えているのは、席を譲ってもらう最初の経験をした時だ。

まだ妊娠初期か中期のはじめの頃で、私のお腹も全然目立っていなかったはずだ。「マタニティマーク」もつけていなかった。体もまだ重くなく、電車に乗車した私は特に何も考えずに、優先座席ではないほうの座席の前に立ち、つり革をつかんだ。

少しすると、前に座っていたショートカットの白髪の女性が、

「席、替わりましょうか」

と私をまっすぐ見上げて言った。

「あ、大丈夫です」

反射的に断ると、彼女はうなずいて視線を元に戻した。私は、なぜわかったんだろうと動揺し、女性の隣に座っていた二人の女子高校生たちも、え、この人？　と、一瞬おしゃべりをやめ、怪訝《けげん》そうな表情でこっちを見たくらいだった。彼女には何かの〝プロ〟を感じたが、なんだかよくわからない。

その後も体が大丈夫な間は、優先座席じゃないほうに座ったり立ったりしていたのだが、お腹が大きくなっていくうちに、席を譲られる回数が増えていったので、申し訳なくなり、優先座席に向かうようになった。

そうして気づいたのだが、優先座席があんまり空いていないのである。

私自身もかつて優先座席に座っていて、注意されたことがある。イヤフォンで音楽を聴きながら下を向いていたので、いつの間にか電車が混んできていることと、近くにお腹の大きい女性が立っていることに気づかなかったのだ。私の前に立っていた年配の女性が、私の肩を軽く叩いて教えてくれたので、慌てて席を譲った（ただその女性はこっちをにらみつけていたので、それはそれでこわかった）。それからは優先座席にはできるだけ座らないようにしていたけれど、その頃の私は、妊婦であることがどれだけしんどいことかもわかっていなかったし、他にもいる優先座席を必要とする人たちへの配慮も十分ではなかったように思う。

優先座席が空いていない。これは自分が妊婦になる前から、先に出産をした人たちから聞いていたことだった。優先座席が空いておらず、付近に立っていても、座っているサラリーマンの男性に無視をされたり、眠っているふりをされたりすると。

友人の一人は数年前、そういうことや、妊娠中に席を譲ってくれたのが女性か外国の男性ばかりだったことを、新聞に投書した。

掲載されたのだが、すると次の週に、この投書を読んだほかの女性からの、「私も妊娠中は席を譲ってもらえずつらいこともあったが、夫も仕事で疲れきっているので、行き帰りの電車の中では少しぐらい休んでほしい」という旨の意見が掲載され、友人のコメントが〝中和〟されるかたちになった。

この時思ったのは、優先座席を必要としている人に席を譲れないくらい疲弊してしまうのが「普通」の仕事ならば、それはやはりそれを「普通」にしている社会構造がおかしいだろうということだ。あと、根本的な問題は他に明白にあるのに、女性からの反論を掲載することで、そこから視線をそらすように、〝女性間の意見の対立〟のような陳腐な構図に落とし込んで済ませた新聞社もどうかと思った。

妊娠中にはじめて気づいたのだが、電車の乗り降りの時間も短すぎる。

妊娠後期にさしかかる頃、一般的な帰宅時間の、わりと混んでいる電車に乗っていたら、降りる際に後ろにいた男性に背中をぐいぐいと強い力で押された。

彼は私が妊婦だと気づいていなかったかもしれないが、それは本来、妊婦じゃなくてもやってはいけないことだし、そうしないと無事に降りられないかもしれないと人を焦らせる電車の〝設定〟、ひいてはそうしないと仕事や生活が円滑に回らないとする社会の〝設定〟がおかしいんじゃないだろうか。余りがない。ギリギリすぎる。

妊娠中はそう感じていながらも、今となると、混んだ電車から降りる際に私もやっぱり焦ってしまって、周囲の人に体が当たったり、とっさに当ててしまったりすることもある。そして、降車後に家路を辿《たど》りながら、少しの間自己嫌悪に襲われたりする。

席が必要な人が来たら立つから、それまでは座っていてもいいじゃないかという意見も、優先座席が空いていない問題が話題になるたびに目にするのだが、めちゃくちゃ空いている電車ならそれでもいいのだけど、そうじゃない場合は、やっぱり空けておいたほうがいいように思う。なぜなら、その人の〝不調〟を見分けることができない場合もあるし、やはりはじめから席が空いていないと、諦めてしまう人も多いはずだ。

妊娠中、私は一度だけ、これはマジでやばいで、と唖然《あぜん》とした経験がある。

私の利用している路線は牧歌的な路線というか、通勤電車として〝本気〟の路線まで乗客を連れていくぐらいの役割で、ラッシュ時でもない限り混むことはない。

もう立っているだけでしんどいレベルでお腹が大きくまん丸の頃、その路線の大きな駅で用事を済ませ、十八時頃に電車に乗り込むと、席はすべて埋まっていて、立っている人がちらほらいるぐらいの混み具合だった。

四人がけの優先座席には、高齢者のほか、私と同じ駅で乗車したサラリーマンの男性と、男子高校生が座っていたのだが、風船みたいな状況の私が前に立つと、サラリーマンは早速目を閉じて寝たふりをはじめ、足を前にだらしなく投げ出した男子高校生はゲーム機から目を離さない。

惚れ惚れするほどの妊婦ガン無視ぶりに、これがかの！　と合点がいったと同時に、私は妊娠中怒りの沸点に達するのがめちゃくちゃ速かったので、「なにが「妊婦様」だよ、この図を見てみろや」と復讐《ふくしゅう》のスイッチが入り、とりあえずこの世に証拠を残したいとスマートフォンで写真を撮ったのだが、そうやって私がギラギラしていると、

「ここ座って、ここに座って」

と後ろから声がした。

優先座席の向かいの座席に座っていた年配の女性が席を立ち、私の肩に手を添えるようにして、彼女が座っていた席に誘《いざな》おうとしてくれた。

「あ、大丈夫です」

とまた反射的に口にすると、

「いいから、いいから」

と彼女は私を席に座らせた。

目の前でそんな出来事が繰り広げられたのに、件のサラリーマンと男子高校生は自分には関係ない体《てい》を貫いていて、寝たふりをしたサラリーマンには少なくとも自覚はありそうだったが、男子高校生に至っては、本当に自分に関係ないと思っていそうだった。

これで別にいいことになっていることが、何よりネットワークの断線を証明しているように感じた。

自己責任、なんて言葉がいつからか幅を利かせているように、現状、何においても当事者や周囲の人だけがその大変さや不便さを知っていて、それを社会全体としては気にかけなくても別にいい、社会の「普通」についてこられない者は弾《はじ》いていい、とでもいうような態度が「普通」になっている。というか、それを「普通」にしようとしてきた。

大変さを知っている人たちだけがそれぞれのネットワークを形成していて、子どもが生まれてからは、そのネットワークに触れられる機会が増えている。でも、本来、そのネットワークを社会全体で共有できたら、どれだけみんな安心できるだろう。

少子化、少子化と問題視するけれど、その前に散々断線させまくってきた社会のネットワークを、政治が根本的な部分からなんとかせんとどうにもならんのではないかと、生活していると、しみじみ思えてくる。

電車でガン無視されてからは、牧歌的な路線でこれなのだから、〝本気〟の路線に乗ったらどうなるだろうと不安を覚え、そんな風に考えることが心底億劫《おっくう》になった。その路線の電車は座れないに違いないから目的地に行けない、などと以前なら考えられないような理由で約束をキャンセルし、電車でなら三十分もかからない街さえもはるか遠くに感じられた。安心なのは、歩いていける距離だけだった。

9章

ベビーカー
どうですかねえ

私は妊娠中「妊婦様」という言葉にめちゃくちゃ憤っていた。

そしてこれまで何度も書いてきた通り、妊婦であることはただただしんどい。つわりがなかったり、そこまで体調に変化のなかった人も中にはいるだろうが、大抵の場合、そこにいるだけでしんどいのだ。体が重く、体調は悪く、お腹の中の胎児に何かあったらどうしようと不安に常に苛まれている状況が、「普通」なのだ。そんなのが「普通」ではないのはちょっと考えたらわかるだろう。

私は、妊娠・出産は病気ではないから健康保険の対象ではない、とするロジックにもめちゃくちゃむかついていた。

なんでこんなに体調が悪く、出産では死ぬ可能性もあり、帝王切開など外科手術になることもあるのに（この場合は保険の対象になる）、〝病気ではない〟などと、はあ、おまえ何言うとんねん、的なことを言われないといけないのか。それが当然のようにまかり通り、実際に出産は健康保険の対象ではない。そのかわりに出産育児一時金が支給されるが、かかっている病院によっては十分ではないし、無痛分娩を希望するなら絶対に足りない。我々も何十万も自己負担した。

（私のケースでも、最終的に吸引分娩になり、それは民間の保険のタイプによっては対象になるのだが、S医療研究センターでは出産一式となっていて、吸引分娩と明記されていなかったので、窓口に聞きに行ったところ、係の人は、「出産は病気ではないので」と数回繰り返した。また別の日に別の人に聞いた時は、無痛分娩だと、「うまくいきめなかった時の吸引分娩なので」と言われ、帰り道、よく考えるとひどくないかと思った。〝うまくいきめなかった〟そっちのせい、みたいな決めつけた言い方もそうだし、同じ吸引分娩なのに）

あのしんどさが病気じゃない、なんて、いまだにどれだけ考えても意味がわからない。じゃあなんなんだ。

そして、妊娠・出産は病気ではない、というロジックは、人々の意識に浸透し、病気でもないのにしんどそうにし、特別待遇を要求し、みんな疲れているのに優先座席に座るのは当然とする妊婦は、「妊婦様」になる。

SNSには、「妊婦様」への不満がつづられ、「妊婦様」になりたくないと書き込む女性もいて、「妊婦様」を揶揄《やゆ》するネット記事なども散見される。一般的に流布している言葉のように「妊婦様」が使われていて、つまり、「妊婦様」で共有できるものを多くの人が理解しているのだろう。

前章で書いた優先座席が空いていない現象も、同じようなことをSNSで言っている女性に対して、「こんなこと言ってるから妊婦様なんじゃないの。マタニティマークとか見せつけるもんじゃない」とコメントが付いているのが、今この原稿を書くために一瞬検索しただけですぐに出てきた。

では、どういう人が「妊婦様」と呼ばれない妊婦なのだろう。

おそらく誰にも迷惑をかけず、仕事も妊娠前と同じようにこなし、電車に乗っても優先座席に座らず、目立たず、不平も不安も口にしない人だ。妊娠した女性がその通りにしたら、十中八九危機的状況になるだろう。人手不足で忙しい職場で休むことができず、流産を経験した女性たちの話は、報道記事でも取り上げられている。

それに、何も妊婦じゃなくたって、そんな風に毎日無理をして働き、暮らしたいだろうか。そうしなければ生きていけないのは、私はこればっかり言っている気もするが、この社会の「普通」の設定が無茶すぎるのだ。妊婦じゃなくたって、心身のバランスを崩したら、一瞬でその「普通」からこぼれ落ちてしまう。「普通」のハードルが高すぎる。「妊婦様」と呼ばれる理由としてよく引き合いに出されるのが、勝手に自分の都合で子どもをつくったのに周囲に迷惑をかける、というものなのだが、これまた妊婦じゃなくたって、勝手に自分の都合で何もできない社会でいいのだろうか。

それに、たとえ子どもをつくることが究極的に自己責任だとしても、それに付随するあらゆることは本人の選んだことではない。税金、保障、制度、社会の構造がそのままこっちに降りかかってくるのに、すべてがこっちの責任で、自分たちでなんとかしろだなんて、いくらなんでも乱暴だろう。

私は九〇年代から二〇〇〇年代にかけてのアメリカのドラマ『フレンズ』をよく作業中に流していて、何周もしているのだが、妊娠後、フィービーとレイチェルの妊娠・出産のエピソードをまた新鮮な気持ちで見た。最高だったのが、妊娠後期の二人がとにかく不機嫌でキレ散らかしていたことだ。誰も彼女たちのことを「妊婦様」だなんて言っていなかった。大ヒットドラマでこういう妊婦たちの姿を描いたのはいいことだったと思う。

理想の妊婦像から外れたら「妊婦様」になり、子どもが生まれると今度は「子持ち様」になる。チョ・ナムジュの『82年生まれ、キム・ジヨン』（斎藤真理子訳、筑摩書房）にも、いい気なものだと母親を揶揄する「ママ虫」なる言葉が登場し、ジヨンを追い詰める。人はどの立場になっても、必ず何かしらカテゴリーがつくられ、そこに放り込まれる。そしてそのカテゴリーを生み出しているのも人だ。あまりにも不幸なサイクルだ。

日本が、「妊婦様」という言葉が生まれたり、女性でさえも「妊婦様」になりたくない、とSNSに書き込む心境になってしまう国であることが、私は悲しかった。子どもができただけで、なぜそんなに怯えて生きなくてはならないのだろう。なんで罪悪感を覚えなくてはならないのだろう。本当に嫌な言葉だ。

あまりにも悲しかったので、私は不機嫌な「妊婦様」になってやる、「妊婦様」上等だと心の中で息巻いていたのだが、これといって「妊婦様」らしいことができるタイミングもなく（「妊婦様」らしいことが一体全体なんなのかもよくわからないが）、妊娠期は過ぎていった。

今の社会の状態では少子化になるのも無理はない、なんとかしなければ、とよく言われている。本当にその通りだけど、少子化がどうしたとも思う。「恋愛」「結婚」「家族」などのファンタジーでここまで国が続くくらい、多くの女性があの痛みとしんどさを耐えてきたこと自体がもうすでに奇跡だ。奇跡が続かなくたってなんの不思議もない。国のために産んでいるのではない。生殖にまつわるすべては個人的なことだし、国は本来、人々の様々な選択をサポートするためにあるだけだ。

ベビーカーでOを連れていろんな場所に行くようになると、周囲の人々が、ベビーカーを押している私のことを、デフォルトでは「子持ち様」ではない者として見ているのがわかるようになった。つまり、自分たちよりも弱い、迷惑をかけないのが当たり前の存在として見ている。

自分に子どもができる前、ある時、こんな光景に遭遇した。

もうそんなことは言っていられなくなったが、私はもともとエレベーターが苦手で、普段は大抵階段を利用していた。

その日は、電車から降りた場所にちょうどエレベーターがあり、目の前で開いたところで、他に誰も待っている人がいなかったので、私は吸い込まれるようにエレベーターの中に入った。その後からもう一人女性が乗ってきた。

ちょっとしてから、ベビーカーを押した女性がエレベーターに入ってこようとした。私ともう一人の女性がエレベーターの壁にへばりつくように奥に避けると、ベビーカーを押している女性の後ろに、スーツ姿の男性が見えた。その人数なら優に全員乗ることができたと思うのだが、男性はなぜか、ベビーカーを追い越すようにして、エレベーターの中に入ろうとした。でも、子連れの女性は後ろでそんなことが行われているとは知らないので、そのままベビーカーを押して前に進んだ。脚をベビーカーより前に出すことに失敗した男性は、彼女の後ろで右往左往した後に、諦めたように早足でエスカレーターのほうに去っていった。

見ていて、奇妙な気持ちになった。

前述の通り、ベビーカーの後から入っても、男性はエレベーターに乗ることができたし、ものすごく急いでいたとしても、同じエレベーターに乗るのだから、スピードは変わらない。それでも男性は、ベビーカーよりも先に入りたかったし、入れないのなら、エレベーターに乗りたくなかった。

エレベーターによっては、乗る時と降りる時の扉が別で、先に乗ったほうが降りる時にも先になることはあるが、そのエレベーターがそうだったかは覚えていない。何にしろ、数秒の差でしかないだろう。

男性には、ベビーカーがベビーカーに見えておらず、ただの物に見えているように感じられた。もっと言うと、おそらくそれを押す女性を含めてベビーカーが物に見えているようだった。

今、その時の男性と同じようなことを、私とOの乗ったベビーカーに対してやってくる人たちがいる。

ほとんどの人はそんなことはしない。でも、忘れていると突然そういう人が現れる。ある日、ベビーカーを押しながら道を歩いていた。その道の先は遊歩道の入口につながっていて、自転車やバイクに乗ったまま進入されることを防ぐために、小さなフェンスのようなものが二つ配置されている。

私がそのフェンスの間を通ろうとした瞬間、突然ベビーカーの前にぬっと脚が差し入れられ、若い男性がさっとベビーカーの前に割り込むと、そのまますたすたと前に歩いていった。こっちが警戒する間も、何か対策をする間もなかった。

瞬間、めちゃくちゃ腹が立った。こちらがベビーカーじゃなければ、絶対に同じことはしないだろうからだ。

私が一人で歩いていたら、そんな不自然なタイミングで割り込んだりするわけがない。何か緊急事態でめちゃくちゃ急いでいたという理由があるならわからないでもないが、男性はコンビニの袋片手に、ただ歩いているだけだった。そして、言わずもがなだが、ベビーカーには人間が乗っている。

たいした理由はなかっただろう。ただ、自分が歩いている速度が、前にいるベビーカーを押している女性によってスローダウンするのが面倒だったのだろう。数秒ペースダウンして待つよりも、人間が乗っているベビーカーに脚を引っかけたりする可能性もあるのに、ぱっと無理やり先に行くほうがよかったのだろう。そのフェンスの場所を越えてから追い越すこともできたのに。おそらく今私が想像して書いたようなことを思うこともなかっただろう。自分の感覚に従ったら、そういう行動になっただけだ。

この前も、わりと高台にある神社の前の広い坂をベビーカーを押しながら下りていたら、後ろから妙に早足で左手につけてきた若い女性がいた。

彼女はスピードを緩めず、こちらの前をどうやら横切りたかったようなのだが、それには私がペースダウンする必要があり、私はむかついたのでペースダウンしなかった。私の後ろから彼女は来たのだから、先を見越してはじめから私の右側を行けば、私が障害物になることもなく、まっすぐ進むことができたのに、そのまま左側に来て、私が道を譲る前提で行動していたからである。あなたが一人で散歩している時に、横からあなたを追い越そうとやっきになってぴったりつけてくる人がいる、と想像したら、その異様さが伝わるだろうか。ベビーカーを押しているだけで、そういう人が実際に現れるのである。

こういう人たちは、ベビーカーを押している側が、どんな時も譲ってくれる、一歩引いてくれると思っているように見える。実際にベビーカーが邪魔になる場合もあるだろうし、一言声をかけてくれたり、何かジェスチャーがあれば、もちろん道を譲る。でも、どんな時も、なのは納得がいかない。ベビーカー=迷惑、が社会通念であり、ベビーカーを押している者は常に申し訳ない気持ちでいて、だから割り込んでも誰にも咎《とが》められないし、先に行かせてくれるのが当然とでもいうのだろうか。冗談ちゃうぞ。

くやしいのは、妊娠中、そして出産後子どもと一緒に行動している時は、私だけの問題ではなくなるので、抗議したり、反論したりすることに躊躇してしまう自分がいることだ。二人の子どもたちと手をつないで道を歩いていた二十代の、当時妊娠七ヶ月の女性が、五十代の男性にお腹を蹴られた事件が二〇二〇年にあった。男性は、邪魔だと言ったら、生意気なことを言われたので蹴った、というようなことを供述している。私の友人もスーパーでベビーカーを押していたら、高齢男性に明らかにわざとぶつかられたことがあったそうだ。

前から思っていたのだが、日本は、道を塞いだり、何かの〝障害〟になったりしている側を、無条件で〝迷惑〟だとするのが正当化されすぎてはいないか。そっちが「普通」なので、様々な理由があって〝障害〟になっている人たちを軽視していいと思いやすいような気がする。

一度ロンドンの地下鉄の通路の真ん中で立ち止まり、何かしているベビーカーの女性を見たことがある。人々は特になんのリアクションも見せず、彼女を追い越していった。女性も別段申し訳なさそうな様子もなく、何かしていた。

文学フェスティバルに呼ばれたインドネシアのマカッサルの大学では、日本語学科の女性教員たちが子どもを大学に連れてきていて、すごいと驚く私に、こんなの当たり前だとにこにこ笑っていて、その環境がうらやましかった。

ベビーカーを押していたり、子ども連れだったりすると、入れない場所やお店がある。店側でそう規定していなくても、ああ、ここは無理だな、と経験的にわかるようになる（逆に、ここはいける、と野性の勘で判断できるようにもなる）。子どもは予測不能で騒いだり泣いたりするし、小さいうちはお店にあるものも大抵食べられないので、ミルクや飲み物、食べられるものなどを持参しなければならない。気をつかわないといけない場所は難しい。

近くの駅にいつも行列ができている店があって、そのほとんどがベビーカーを押している子ども連れなので、以前はあの店は一体なんなんだと思っていた。

子どもができて、そこが、子連れの聖地、と呼ばれている店だと知った。

店は広く、テーブルは大きく、子ども用のイスが数種類用意されており、メニューはぬり絵ができるようになっていて、しかも離乳食の無料サービスがある。そんな店だから当然だが、店員も客も子どもがいくら大きな声を出そうと気にも留めない。

コロナ禍で行列がなくなった頃、試しに一度病院の帰りにOを連れていってみると、ここ、楽、めちゃくちゃ楽、とあっという間に陥落させられた。一緒にいた母も、ここはいいわと驚いていた。

次に楽なのは、病院にあるレストランなのだが、そこはもう場所が場所だけあって、お店の人とのやりとりがはやい（「すみません、フライドポテトに塩振らないでもらえますか」「了解です!」)。それに尽きる。

妊娠中、前から行ってみたかったカフェに入ると、「×歳以下のお子様お断り」と貼り紙がしてあった。その時、その意味が自分にも関係するものになるのだとはじめて実感した。

その店は、店内でアンティークや繊細そうな陶器が展示販売されている、ザ・おしゃれなカフェで、そりゃそういう貼り紙をするだろうと納得のいく場所ではあった。もし子どもがアクシデントで商品を割ってしまったら、お店の人にとっても親にとってもいいことが一つもない。

でも、文字通りとると、それはある存在を私たちは受け入れないという表明であり、「×歳以下のお子様お断り」と書けてしまう、それにこっちも納得できてしまう、という気づきに、ちょっとだけ心が痛んだ。

あと、自分のお腹の中にはその瞬間も「×歳以下」の存在がいたのだが、お腹から出ていなければ大丈夫なことが少し面白くもあった。

私はもしかしたら、子どもが生まれたら、自分一人で行動している時も、「×歳以下のお子様お断り」と書かれた店には行かないかもしれないな、などと考えたりもしたのだが、それは今の私からすると、イエスでありノーである。やっぱり行きたいお店があったら行ってしまう。

でも、店の大きさ、雰囲気、事情など、それぞれの理由はよく理解でき、そりゃそうだろうと納得するし、個人経営の店なんて自分たちの好きにしてなんぼだろと思うのだけど、「ベビーカーお断り」「×歳以下のお子様お断り」と書かれている店よりも、私が店の前で逡巡してから、

「ベビーカーどうですかねえ」

と及び腰で言った言葉に、

「え、全然大丈夫っすよ」

と、何の心配をといった調子で応じてくれた店のほうに、子連れじゃない時も行きたいとやっぱり思ってしまう。子連れで店に入るプレッシャーから少しの間私を解放してくれた店であるからだ。

まったく話は違うのだが、私は仕事で請求書を送る作業が本当に嫌なので、新規の仕事の依頼があると、この会社は請求書を送る必要があるのだろうかといちいち気になってしまう。だいたいの場合、請求書を送る必要はないのだが、油断していると、請求書を送らないといけない仕事が現れる。

ある新聞社での二年間の連載で数ヶ月に一度請求書を送る必要があり、静かにストレスを感じていたのだが、その仕事が終わってから、新たに別の新聞社から連載の依頼があった。思わず打ち合わせの際に、

「請求書って送らないといけないんですかね」

と私が言うと、

「え、松田さんて個人ですよね？　なんで個人が請求書送らないといけないんですか？え、何言ってるんですか？」

と、マジで意味がわからないといった調子で連載担当の人は答えたのだけど、それと同じような感じだ（今も、請求書を送れと言われるたびに、この人のこの言葉を思い出す）。

こんな風に、子連れ耐性が強い、子連れに優しい店に、私はいちいち恩義を感じてしまう。それくらい、一回一回の外食に緊張しているのかもしれない。何しろ、ファミリーレストランでさえ、子連れの席の近くに座った人たちが心底うるさそうな顔をして席を移ったりするのだ（昔実際に目撃した）。

近所の中華料理店はだいたいいつもお客さんで混み合っているのだが、私が妊娠中に一人で行くと、店員さんは私のお腹に目を留めて、

「広い席にどうぞ」

と、四人がけのソファー席に座らせてくれた。別の時に、妊娠中の女性が同じようにソファー席に一人座っているのも見たことがある。

前期破水した日の昼間、私は友人とお茶をしていて、隣町にあるその店は、お菓子好きの人ならかなりの確率で名前を知っている有名な洋菓子店だった。はやめに来た私が入口で名前を書いて、席が空くのを待った。しばらくして、我々の席が用意できても、店員さんは、

「席はもうキープされていますが、お連れ様が揃うまではお座りいただけません」

と言った。

人数が揃った人たちから先に、なら納得がいくのだが、席はもうキープされていて、実際に空いている席がそこに見えているのに、座ってはいけないのは「非論理的です」

と、私の中で『スター・トレック』のスポックさんが言った。その人には臨月の私のお腹は何の意味も持っていなかった。本当に一瞥《いちべつ》もしなかった。

別にそれで嫌な気持ちになったとかではなく、今も時々行っているのだが、お腹を無視する人／しない人を私は両方経験したな、と自分の中の記録にはなっている。それはお店のマニュアルなのか、その人自身の資質なのか、融通の利かないマニュアルがあってもいざという時にそのマニュアルを飛び越えることができるかは、やはりその人の資質とお店の資質の両方が関係してくる。その人がその資質を持つことをお店の資質が許さないこともある。

妊娠中、自分の感覚で不思議だったのは、何かあった時に、私に起こった、というよりも、妊婦に起こった、と自分が捉えていることだった。この人、妊婦にこんなこと言うんだな、妊婦にこんなことするんだな、と考えていた。妊婦としてお腹の大きい私に対して、お腹の大きくない時と同じように扱おうとする人、私のお腹が大きいことによって言動が変わる人、それが一つ一つ印象に残った。

ここは子どもに優しい店、ともともと私の中に強いイメージを残していたのが、近所にある夫婦が営んでいるイタリアンのお店だ。子ども連れの家族が食事をしていると、シェフが出てきて子どもにボーロをあげたりしている姿を見たことがあった。

妊娠後期の頃、この店に行き、パスタセットを食べていると、夫婦の女性のほうが私

のテーブルにやってきて、

「ごめんなさいね、ＣＤコンポが壊れてて」

と言ったと思ったら、三十年前に子どもを三人産んだこと、妊娠中の出来事、三人を産んだ時にかかった時間の違いや自分の状態の違い、病院の名前、なぜ妊娠中にトイレ掃除やぞうきんがけがいいと言われるかの考察、昔の妊娠・出産にまつわる風習などを、まるでここ数年の間に起こったことのように鮮やかに語ってくれ、

「ごめんなさいね、たくさん話しちゃって。ＣＤコンポが壊れていたから」

と締めくくった。

店内に音楽がかかっていないことが気になっていたらしいが、私のお腹が大きくなければ、彼女はいきなりこんな話はしなかっただろう。

妊娠中思ったのは、この八ヶ月の間だけ、もともと〝アウトサイダー〟である女性は、さらにもう一段階別の、その場所における〝アウトサイダー〟になるのではないかということだった。そして、過去にこの〝アウトサイダー〟だった女性たちが、自分自身の〝アウトサイダー〟期の思い出を語ってくれることがたびたびあった。外国における日本人、のレベルで、妊娠中、私は知らない人によく話しかけられた（私は外国にいると、よく話しかけられる）。

Ｏが生まれてからも、このイタリアンの店に連れていったが、お店の人たちはやはり

優しく、いやすかった。

特にはじめの頃は、外食しても、Oはお店のものを何も食べられないし、Oに食べさせ、世話をしていると忙しなく、さらに突然ぐずることもあるのですぐに対応できるようにはやく食べようとしてしまうので、あまり食べた気にならず、外食を楽しむということができなかった（大人が二、三人いて役割を交代できても、慌ててしまう気持ちはやっぱりある）。それよりさらに前の、店に入ってもOがほとんど寝ている頃は、そういう意味では楽だった。

Oが一歳半を超えた頃、母と私の三人で昼に入った店は、以前に一度打ち合わせで行ったことのある店だった。野菜メインの和食の店で、テーブルが大きく、子どもをお店の子ども用のイスに座らせて食事を楽しんでいる家族もいて、ここは子連れでも入りやすそう、という感慨をその際に抱いたことを思い出し行ってみたのだが、やはりその感慨は当たっていた。

まず、当時のOでも食べられるものがいくつもあった。一つの料理全部を食べられなくても、Oが食べられるものを、おかずやサラダからパーツとして集めると、なんとかなる。

我々が注文した料理から取り分けた野菜や鮭をまぶしたごはん、味噌汁《みそしる》を、だいぶ上手に使えるようになったスプーンやフォークを駆使して、Oは自分で口に運んだ。お店で出されたものを一緒に食べられ、しかもお店だと我々と同じように食べたいと張り切るのか、家なら残すようなサラダも進んで口に入れているOを見て、心から外食を楽しいと久しぶりに思えた。

「妊婦様」とか「子持ち様」といった言葉に搦《から》めとられない場所と経験を、自分自身で地道に増やしていくしかないのだろう。

10章

「名前」を付ける

旅先の朝、Oと二人で、アレルギーのあるOの食べられる、卵の入っていないパンを探しにあまり詳しくない街に出た。

Googleマップを見たりしながら、いくつかパン屋に入ってみたのだけど、なかなかこれという店が見つからない。

ふらふらと徘徊しながら、そういえばこのあたりでドイツパンの店を見かけたなと思い出し、行ってみた。

すでに開店していた店には、パンのほか、芸術的なケーキがカウンターのケースに並んでおり、午後ならばきっとお茶の時間を楽しむ大人の客がいっぱいで入る気にならなかったに違いないが、まだ朝だったので客はまばらだった。

並べられたパンの前には、材料に何が使われているかが書かれた小さな紙がそれぞれ添えられていた。卵が入っていない、Oでも食べられそうなパンが一つあったのだが、外側の皮が硬そうだったので、

「これ、皮が硬いですよね」

とカウンターの中にいた店員さんに聞いてみると、

「そんなに硬くないから大丈夫。うちの子どもたちは一歳くらいの頃から、この横にあるプレッツェルとかも歯固めのかわりに食べてた」

と、こっちが何も言っていないのに、私がOのパンを探していることを理解して、そう言った。

そのパンを二つと自分用のパンとケーキとお茶を注文し、Oはベビーカーに座らせたまま、店の外にあるテーブルで待っていたのだが、さっきの店員さんが水を運んできてくれる頃には、Oはじっとしていられず、もぞもぞと動きはじめていた。

「すみません、待っていられないみたいで、パンだけ先に持ってきてもらってもいいですか」

と私が頼むと、彼女は事情を察したように、すぐにお皿にのせた二人分のパンを持ってきてくれた。

早速、パンを小さくちぎってOに食べさせると、彼女が言った通りパンは十分に軟らかくて、食べやすそうだった。おいしいらしく、Oはぱくぱくと食べた。

でも、食べるのがはやいので、私のお茶が来る頃には、Oはさっさと食べ終わり、すぐにまたもぞもぞしはじめた。私もなんとかパンを一つ食べ切るが、Oはベビーカーから降りたいらしく、不満そうな声を上げる。

この頃には、外の席には他にもお客さんたちが座っていて、あまりにOが騒ぐようだとちょっと申し訳ないかなと気が引けたので、お茶を急いで飲み干すと、残りのパンとケーキのお皿も携えて、ベビーカーを押して店内に戻り、我慢ができないみたいだから、持ち帰りにしてほしいとお願いした。

店の女性は、

「あらら、お母さんのゆっくりする時間がなくなっちゃったね」

と言いながら、パンとケーキを包んでくれた。

「やっぱりね、小さいうちは大変だよね。うちも四人いて大変で」

と彼女が続ける間に店の奥から男性が出てきてOに微笑んだ。その様子から、どうやら夫婦でやっているらしかった。また来ますと言いながら、その素敵なお店を後にした。

近くにあった公園でOを遊ばせながら、

「あらら、お母さんのゆっくりする時間がなくなっちゃったね」

というさっきの女性の言葉が脳裏でぱっ、ぱっ、と何度か光り、その言葉を新鮮に感じている自分に気づいた。

さっき、私は確かにお茶をゆっくり味わうことも、ケーキをその場で食べることもできなかったけど、自分の時間がなくなった、と少しも思わなかった。そのことに気づきもしなかった。

自分は現段階では母が同居してくれていることもあって、「ワンオペ」や夫婦だけで子どもを育てている〝一般的〟と呼ばれるような家庭に比べると、自分の時間がだいぶあるはずだ。

締め切りがあるので仕事も休んでいない。経済的にも休めないので、その不安を常に感じてはいるが、キャリアが中断される、自分が消えてしまう、といった多くの女性が抱える焦燥感も覚えずに済んでいた。だから、鈍感になっていたところもあるだろう。

でも、Oと一緒にいる時に、Oに合わせるのは、Oがこの世に生まれた瞬間からすでに当たり前のことになっていて、その間に自分の時間が消えていっているという事実は、自分で思っていた以上に感じにくかった。

なぜなら、Oの存在が面白かったからだ。

まだできないこと、できるようになったこと、はじめてのこと、が毎日のように更新されていくOといると、あまりにも面白く、それだけで、それも、立派な私の時間だったのだ。

毎巻楽しみに読んでいる田村由美《たむらゆみ》の『ミステリと言う勿《なか》れ』（小学館）の第一巻に、これはこういう漫画なんだな、と読者の印象を決定づけたであろう場面がある。

主人公の大学生・久能《くのう》整《ととのう》は何かと事件に巻き込まれるのだが、観察眼と分析能力に長《た》けており、謎を解いてしまう。周囲の人たちが気づかないことをつい、長々と雑学を交えながら指摘してしまうので、疎まれもするけれど、意見を求められもする。

彼と知り合った刑事の池本《いけもと》は、「子育てって大変なのな」と切り出すと、最近子どもが生まれてから妻は毎日「ピリピリ」していて「イライラ」しているが（「女は子供産むと変わるって言うじゃん」）、仕事が忙しくても自分は「なるべく育児に参加しようと思ってる。手伝ってるつもりなんだけど」と言い、「どうしたらヨメとうまくいくかな」と整に尋ねる（＊読みやすくするために、句読点を私が足しています。以下同）。

この時、整はこう答える。

「僕はたまにメジャーリーグの中継を観るんですが、メジャーリーガーや監督は、時々試合を休むんですよ。奥さんの出産は勿論《もちろん》、お子さんの入学式や卒業式、家族のイベントで休むんです。彼らは立ち会いたいんです、一生に一度の子供の成長の記念日に。行かずにいられるかって感じで、行きたくて行くんです。でも、その試合を中継してる日本側のアナウンサーや解説者が、それについてなんて言うかというと、「…ああ」「奥さんが怖いんでしょうねえ…」。彼らにはメジャーリーガーが行きたくて行ってることが理解できない。なぜなら、自分はそう思ったことがないから、ムリヤリ行かされてると考える。大切な仕事を休んでまで、と。メジャーリーガーは子供の成長に立ち会うことを父親の権利だと思い、日本側の解説者たちは義務だと思ってる。そこには天と地ほどの差があるんですよ。池本さんはどっちですか。池本さんはお子さんを奥さんの付属物だと考えてないですか。だから、〝参加する〟とか、〝手伝う〟なんて言葉が出るんじゃないですか。子供を産んだら女性は変わると言いましたね。当たり前です。ちょっと目を離したら死んでしまう生きものを育てるんです。問題なのは、あなたが一緒に変わってないことです。…でもそれは強制されることではないので、池本さんの好きにしたらいいと思います。したこともしなかったことも、いずれ自分に還《かえ》ってくるだけなので」

答える、というより、詰めに詰める、のほうが近いのだが、整のこの言葉を、これは本当にそうだったなと、Oが生まれてからよく理解できた。

見たいし、一緒に経験したいのだ。

だから、Oの世話をしたり、Oと遊んだり、Oを定期的に病院に連れていくことも、基本の状態では負担でも義務でもなく、喜びである。

（でも、現状、育児と家事にまつわるほとんどすべてが母親に集中している無茶苦茶な社会の状態があり、それでは心身ともに限界を迎えてしまうのは至極当然のことなのだから、喜びを感じられる状態を周囲と社会が整えなくてはならない）

仕事をする時間が減るといっても、別にOが生まれる前は四六時中仕事をしていたわけでもなく、Netflixを見たり本や漫画を読んで過ごしていたのだから、そこはたいして気にならない。ただ、比較する対象としてXがいると、育児にかかわる時間の非対称性が可視化されてしまうことに気づかされる。

たとえば、「名前のない家事」という言葉があるけれど、現状、家の細々とした備品を補充するのも、Oのミルクや必要なものを買い足すのも、Oの予防接種と病院のスケジュールを把握しているのも、実際に付き添うのもほとんど私である。コロナ禍前は、Xは毎日会社に行かないといけなかったので、病院に連れていくことができなかった。

私は前述の通り、Oを病院に連れていくこと自体は負担でもなんでもなく、行き帰りの道中を含め、Oは今日はどんな反応を見せるだろう、医師はなんと言うだろう、といったことを一つ一つ知りたかったので、行きたかった。

実際に、道中だけでも、毎回Oは変化していた。S医療研究センターには電車とバスを乗り継いで行くのだが、はじめの頃は寝ているか起きて泣くかの二択だったOは、ある頃からバスの外を流れる景色に興味を持ちはじめ、私の体にぎゅっとくっついたまま、身じろぎもせずに窓の外をじっと見つめている回や、降車ボタンの存在に気づきなんとしても押そうとトライを繰り返しては阻止される回、NetflixのTシャツを着た小さなリラックマのぬいぐるみとスウェーデンのお土産にもらった『長くつ下のピッピ』の絵が描かれた小さな琺瑯《ほうろう》カップをつかんだまま帰りはずっと眠っていた回などなど、できることが増え、興味の対象が広がっていくのが感じられた。

健診でも、一時期は身長などを測定されるだけで泣いていたのにさすがにもう泣かなくなったり、歯科健診だけは、口にどれだけ器具や歯ブラシを突っ込まれても泣かないですごい表情で耐えていたりと、予想外の発見がある。

Xは0の予防接種のどれとどれが済んでいて、次はどれに行かなければならないかもわかっていないだろうし、次はいつ病院に行くのか、私に言われない限りは知らないままだ。

私が病院に0を連れていく間、もちろん私は仕事ができない。それは私の中では納得していることなのだが、その日、いつも通り会社に出かけていったり、予防接種の予診票に一枚一枚必要事項を書き込むなどの面倒な作業に時間を使ったりもしていないXに、もやっとするものを感じることは確かにあった。明日病院だよ、と言っても、そうなんだ、としか返ってこなかった時は、ありがとう、とか、よろしく、とか言え、今すぐ言え、と迫ったことも一度や二度ではない。

もやっとする、だと言語化できないみたいだが、さっさと言語化してしまうと、なんでこれで平気なんだろうか、という率直な疑問になる。

妊娠中も、自分の体の変化などはしんどい一方、納得していたところも、興味深いところもあり、おそらく自分一人だったら妊娠期そのものをより肯定的に受け入れられたと思うのだが、横でXが平気そうにしているせいで無駄に不快指数が上がっていた。

Xとしてはいつも通りにしていたつもりだったのだろうが、こっちは何しろいつも通りができない状態だったので、こっちが以前のようには速く歩けないことに気づかずたすた歩いていってしまったり、何かあった時のために誰か一緒にいてくれると助かる、といったこっちの不安に思い至らず、オールナイトのイベントに行こうとしたり、外で何かを一緒に見た後に突然自分だけその場所から違うところに行こうとしたり、家にある出産や育児の本は読まないくせに自分が興味のある本は読んでいたり、出産や育児についてはネットで調べないくせに自分が興味のあることは調べていたり、私が食べられない刺身を買ってきたり（食べられないことをわかっていなかった）、などなどの行動がすべて思いやりと想像力の欠如として私には映り、ギリギリとむかついていた。産前産後の恨みは一生忘れない、と世間ではよく言うが、なるほどこれな、と納得しかなかった。こちらからすると、まさに整が言うところの「あなたが一緒に変わってない」だったのだが、Xは Xで仕事も忙しかったし、言いたいこともあるだろう。あと、ただ黙ってむかついていたのではなく、一回一回なぜその言動をおかしいと思うか、私はそれなりに言葉にしていたのだが、そのやりとりでも、伝わっている手応えがなく、ますます腹立たしかった。

Xがいなければ、非対称性に気づかずにいられるし、大変さも自分の中で完結するから精神的にもっと楽である事実は、なんとも言えないものがあったが、新しい事実でもなかった。このエッセイ集の担当編集者Kさんの友人は、学生時代、性差別などについて話すKさんを茶化していたけれど、自身の妊娠中、つらい体を抱えている自分と何一つ変わっていない夫との差をまざまざと実感し、トイレで一人号泣。Kさんの言っていた意味がわかったと連絡があったそうだ。

　妊娠中の自宅という、最もストレスを感じたくない場所に、その非対称を常に知らしめてくる存在がいるのが本当に嫌だった。とはいえ、私は自分一人でも子どもを育てられると実感が湧いてから子どもをつくることにしたので、いざとなったら一人で大丈夫だと諦観する気持ちもあり、その分気が楽だった。

　そういう状況の延長線上で出産があり、Oと一緒に退院し、そこでOの名前を考える際にXと私は大喧嘩《おおげんか》をした（妊娠中、出産後に、夫のことを好きじゃなくなったと言う女性は私が知っているだけでも結構おり、十数年前は出産後の友人が「○○くんのこと今好きじゃない」と言うのを、そういうもんなんか、と聞くだけだったが、今になると、なるほどこれな、と再び納得しかなかった。私の出産の数年前にジャンシー・ダンの『子どもが生まれても夫を憎まずにすむ方法』（村井理子《むらいりこ》訳、太田出版）が話題になっていて、別の友人も読んだと言っていて、私も試しに読んでみようかと思ったのだが、イントロダクションに目を通しただけでも、私だけじゃない、という癒しがあり、もういいやと後はずっと『ゲーム・オブ・スローンズ』を見ていた）。

　最初の段階で、お互いの考えた名前が双方気に入らなかったのだが、私の考えた名前にXが強めにノーを言い、その言い方に妊娠中のむかつきも相まってむっとし、思わず、

「じゃあ私が決める」

と言ったところ、

「二人の子どもなんだから二人で名前を考えるのが当然でしょ」

とXが言い、じゃあ妊娠中から二人の子どもなんだからもっと気をつかうとかしたらいいのに、生まれた瞬間なんやねん、そんなこと言ってこっちが納得すると思ってんのか、とまた妊娠中のむかつきが爆発した私がブチ切れ、ラップバトルみたいになり、そこから完全なる没交渉に入った。

そうするうちに数日が経ち、名前の届出の期限ギリギリになってしまい（名前の提出は生後十四日以内なのだが、一週間の入院中は名前を考えるどころではなかったので、あと残り一週間しかなかった）、これはやばい、喧嘩している場合じゃないと、凪《なぎ》の状態で一緒に急いで考えたのが、今のOの名前である。その割には、二人の希望を満たしたいい名前になったのが驚きである。

土曜日に突入してしまっていたので、休日受付に二人で行ったのだが、受付にいた高齢の男性は微笑みながら、

「お二人で名前を届けに来たことを後でお子さんが見たら喜ぶはずだから、ここに二人の名前を書いたらどうですか」

と書類の片隅を指して言い、二人ともよくわからないまま、名前を書くと、あれ名字

が違うんですね、と戸惑った表情になったが、まあ、このままでと受け取ってくれた。

週明けに私に電話がかかってきて、不備があるのでまた来てほしいと言われ向かったところ、いくつかの他の確認事項とともに、父母が結婚していない場合は、ここに名前を書けないので消します、と、週末に書いたXと私の名前に線が入ったのだが、そうですか、という感じだった。どうでもよかったせいか、うろおぼえで、書類の処理など、ちょっと記憶違いがあるかもしれない。

私は子どもの頃からずっと、生まれてきた子どもの名前を、産んだ女性ではない人が決めているケースがあることがなんだか不思議だった。

私の本名は父方の祖父が付けたものだ。

私の母が納得しているなら別にいいし、私もそこまで嫌だったわけでもないのだが、微妙に好きになりきれない要素がいくつかあって、名前を書くたびにその好きじゃない要素を思い出すこともあり、それと同時に祖父が付けた名前であることも思い出した。なんとなく、自分で付けたペンネームのほうが気に入っている。

（ある文学イベントの控え室で、それには女性の作家が私を含めて数人参加していたのだけど、他のジャンルの参加者の方がまだ小さな女の子を連れてきていた。名前がかわいいね、誰が付けたの？　と問われたその人が「うちの父が」と答えたところ、大先輩の女性作家さんたちが一斉に「え、それはどうなんだ！」と反応し、「あ、でも、私も夫もこだわりがなかったんで」と続いた言葉に、「じゃあ、まあ、いいか……」とまた揃って反応するのがとても面白く、いいものを見た、この場にいられてよかった、と思った）

子どもの頃、私にとって不可解だったことは、明らかに出産は、とんでもない出来事で、産む当事者である女性にとって負荷が大きいのに、周囲の人が、その大変さを不当に軽く扱っているように思えたことだ。

名前のことだけじゃなく、子どもができないからといって一方的に離縁されたり、子どもを勝手に里子に出されたり、昔話を読んでも、現実の上の世代の話を伝え聞いても、信じられないような話ばかりで、恐ろしかった。私の叔母の一人は、昔、女の子を出産してすぐの病室で、父親に「次は男を産まんと」と言われた。

政治家が女性は「産む機械」と発言し問題になったことがあったけれど、実際に、女性は家の中で「産む機械」として長い間扱われてきて、現代は昔に比べて多くのことが改善されたけれど、いまだにそういう核の部分は変わらず、少しかたちを変えたり、見えにくくなったり、わかりにくくなったりしながらも、現存している。

そういう話がすべて私の中にこびりついていて、忘れられなくて、だから自分で子どもの名前を付けたい気持ちが私には強くあったのかもしれない。

でも、自分で自分に名前を付けるのでもない限り、名前を付けるという行為は付けられた側からしたら負担になることもあり、Xと私が付けた名前を将来Oが気に入らないことも当然あり得るので、Oも大人になって自分の名前が嫌だったら、好きなように変えてほしい。

11章

「電車」と「料理」、どっちも好き

二十代の頃、子ども英会話教室で子どもたちに英語を教えていたことがある。その教室の対象年齢はゼロ歳から中学三年生で、午後のはやい時間から、ゼロ～二歳の子ども→幼稚園児→小学生→中学生と、時間割が設定されていた。いまだに、子どもたちが次々と教室にやってくるのに、教材やゲームを準備していなかったと気づき、いや、でもあのお茶をにごせるすぐできるゲームをやればいいか、と焦る夢を年に何度か見る。その後まったく使う機会がなかったが、英語のゲームや歌など、私の脳内のどこかにはたくさん記憶されているはずだ。また、本屋で絵本を見ていても、む、この絵本、教材にめっちゃいいぞと、いまだに謎の先生目線で買ってしまう時がある。

子どもの面白さとすごさがしみじみ理解できたのは、この頃だと思う。新しい表現や言葉をつくり出す言語のセンスにはたびたび驚かされたし、一人一人性格や覚える速度が違うので（親も本当にいろんな親がいた）、こちらも正解と言える教え方を持てなかった。常に、あわあわしつつ、ひたすらゲームを繰り出し続けていた。

その頃は特に疑問に思うことがなかったのだが、今振り返ってみると、子どもたちはみな、男の子は男の子の格好、女の子は女の子の格好で教室に現れていた。今自分がOに服を着せてやっている時に、そのことを思い出す。

Oはどんどん好き嫌いを発揮するようになったが、現時点では本人の好みは服にまでは及んでいないので、大人たちが適当に着せている。

基本的にはユニクロや無印良品のセールで底値になっている服ばかりだ。

私の母も、母の家にあるいいミシンは持ってこられないから、簡単なミシンを買ってくれ、とある日言い出し、私がネットで適当に買ったミシンで、Oの服をつくっている。私が着なくなった服の袖が、Oのズボンになったりしている。Xの母もかわいい服があったと送ってくれる。

高い服はほとんど着せていない。

Oが生まれてくる前に、プチバトーの肌着があまりにかわいくて思わず買ってしまったのだが、生まれてくると、勢いよく汚れていくので、こりゃ、このノリで買っていられないなと、雑な方向にどんどん流れていった。フードがとんがり帽子になっている、プチバトーのカーキ色のポンチョも、この世の終わりみたいにかわいかったので我慢し切れず買ったが、それもセールまで待った。

その他のプチバトーやファミリアなど、かわいい服はすべておさがりかお祝いで頂いたものである。

母の友人の娘さんの子どもがOの数年先を生きており、頃合いを見て定期的におさがりを送ってくれるのが大変助かっている。中にはアロハシャツと同柄同色の半ズボンのセットやタイ語の書かれたスパンコールのゾウのTシャツなど、楽しい服も入っていて、おさがりっていいな！　とその人からの荷物が届くと楽しくなる。あと、人にあげられるくらい子どもの服をきれいに洗濯、管理できるのがすごいと思う。私はとても誰かにおさがりをあげられるような管理はできない。

そういう寄せ集めの状況で、特に意識していなくても、やはりOの服は、今考えてみると、男の子らしく、なってしまっているような気がする。

だいたい肌着の上にトレーナー、レギンスやズボンなど長ズボンしか着せていないのだが、色合いのせいだろうか。私は色が好きなのでいろんな色を着せるようにしているつもりだし、女の子が着ていてもおかしくない格好なのに。きっと私の目が今のOを男の子だと認識しているから、そう見えるのかもしれない。本人が求めていない今の状況では、スカートをはかせようと思いもしない私について考える（まあでも、公園などで走り回って転んだり砂遊びで砂だらけになるOを考えれば、動きやすさや機能的にも、圧倒的にズボンのほうがいい）。

よく言われていることだが、子どもはごく小さな頃から、ジェンダーをすり込まれる。名前を付けられる瞬間からそうだ。名前のバリエーションも多様になってはいるが、男の子は大、勇、などたくましいイメージの漢字が使われ、女の子は小、花など優しくて、かわいらしいイメージの漢字が使われる傾向がある。大、という漢字のついた女の子の名前を私は見たことがない。もしあれば、見た人は、男の子の名前だと判断するか、変わった名前だと感じるだろう。また、小花、という名前の男の子がいてもいいのにとも思う。

大人たちはたいして疑問を感じずに、男の子なら男の子の色、女の子なら女の子の色の服を着せ、男の子には男の子用の、女の子には女の子用のおもちゃや育児用品を買って、子どもの生活を整える。大きくなるにつれてその差は明確になり、子どもたちの内面にも作用していく。そして、ちょっとずつ変わっていっているといえども、相変わらず家父長制的な、今の社会構造が再生産され続けている。

本屋の育児本コーナーに行けば、男の子の育て方、女の子の育て方、と育て方を分けて語る本がいくつもあり、内容も男の子と女の子でかなり違う。たとえば、男の子は強いリーダーシップを持って物事に取り組めるように自信を育ててあげよう、女の子は優しく思いやりを持った子になるように育てよう、などと書かれていたりする。そういう本の表紙の色は、男の子は青や緑、女の子は赤やピンクで、どこまでもベタだ。

でも、私が思い出すのは、ある日、英会話教室の幼稚園児のクラスでヨシキが言った言葉だ。

その日私は、ほとんどおもちゃに近い、紫色の石がついた指輪をしていた。いつも短パンにTシャツでスポーツ刈りにした元気者のヨシキは、ある瞬間私の手元に目を留めて、

「せんせいの指輪、ママのみたい」

と言った。

「あ、ほんと?」

私が言うと、

「うん、ヨシキ、きれいなものだーいすき」

とヨシキはにこにこ続けた。

二十代の私は、ヨシキの言葉を聞いて、なんだ、やっぱそうなのか、と思った。男の子もきれいなものが好きなのか、そりゃそうだよなと。

素敵な瞬間で、私にとってはとても大切な瞬間で、今でもはっきりと覚えている。限られた時間に英語だけを教える状況もあったと思うが、実際、子どもたちを見ていて、ものすごく性差を感じることはなかった。

服装と持ち物と髪型と名前だけが、男の子と女の子をわかりやすく区切っていて、ヒントになっていて、でも、別にこれどっちってこともないよな、の格好や名前の子もわりといた。わんぱく、という言葉はこの子のためにつくられたんじゃないかと思うくら

い元気で、常に鼻水垂らしたり絆創膏《ばんそうこう》を顔に貼っている女の子もいれば、おとなしい男の子もいた。こっちにしても、男の子と女の子で何か教え方や接し方を変えないと、と思った記憶はやっぱりない。

さらさらのロングヘアをきれいに編み込んでもらったり、リボンをつけてもらったりして、洋服もフリルのついたかわいらしいブラウスとスカートを毎週きっちり身につけてくる、行儀のいい幼稚園児の女の子がいたのだけれど、一度、わいわいしているうちにテンションが上がりすぎた数名がパンツを下ろして、ゲラゲラ笑いながら床を転がり回り出した時、その中にその子もいたので、それもなんか、そうだよね、そんな格好してても子どもだよね、と納得しかなかった。すぐに全員にストップをかけた。

つまらない言葉だけど、あまり〝協調性のない〟男の子が小学校三、四年生くらいのクラスにいて、私はその子のことを、あんた、すごいよ、と内心いつも尊敬していた。その子は、ゲームはあまり乗り気じゃなさそうだったのだけど、ある時いつものようにみんなでゲームをしようとしていたら、

「勝ち負けのあるゲームは嫌ですね～」

と冗談っぽく言った。だからだったのか、と理解できた。私がやっていたのはどれも英語の単語を覚えてもらうためのゲームだったので、その子に言われるまで、私はそれらのゲームに勝ち負けがあることをほとんど気にしていなかった。その子は、勝ち負け

のない、お絵描きなどのアクティビティの最中にも、素敵な言葉をたくさん言っていた。

その子の母親は自転車でお迎えに来ると、みんなと一緒にやれてますか、大丈夫ですか、と心配そうにしていたけれど、その度、いやいやめちゃくちゃすごいです、と私はここぞとばかりに褒めちぎりまくっていた。

いつもお行儀よく正座をして授業を受けていて、ワークブックをする時は長机の上にサンリオのキャラクターシリーズ、シナモロールの小さなフィギュアをいくつか載せていたので、

「あ、シナモロールだ」

と私が言うと、

「違うよ、これはエスプレッソだよ」

と厳密にキャラの名前をきりりっと教えてくれるしっかりとした女の子や、

「せんせい、＊％＄＃＊＆＆！！」

とハリー・ポッターの呪文を次々とかけてくる、力の強い、丸坊主のやんちゃな男の子もいたけれど、それは究極的にはその子がそういう子、ということであり、別に男の子も女の子も関係ない気がするし、それなりの時間を一緒に過ごしていると、男の子らしさ、女の子らしさ、とかじゃない、その子らしさでその子ができていることが見えてくる。

幼稚園児のクラスに、陽気な双子の男の子がいて、その子たちは時々はしゃぎすぎて、まわりの子たちにちょっかいを出してしまうことがあった。ある時、一人の男の子が家で何かあったのか、明らかにいつもより落ち込んだ様子でクラスにやってきて、ずっと下を向いたままだったので、双子の片方がその子のことを、なんか変、とにやにやしながらいじろうとしたことがある。

その時、

「〇〇もそんな時あるやろ」

と私が言うと、その子はしばらく考えて、

「……うん、ある」

とこっくりうなずき、いじるのをやめた。その表情の変化は素晴らしかった。

そういう瞬間の前では、男の子、女の子、は消える。

中学生になると、カリキュラムが勉強っぽくなってしまい、また本人たちも、心の赴くまま動きたい！　という衝動も落ち着き、あったとしても抑える術《すべ》を習得しているので、だいぶ静かになる。

ついさっきまで同じ部屋にいた下のクラスの子たちとのテンションのあまりの差に、上の子たちはこれで楽しいのか、教育って本当にこれでいいんか！　と私は動揺したりしていたのだけど、今Oと一緒にいて、Oが寝ている時とごはんを食べている時とテレビや動画を見ている時以外はほとんどひたすら動き続け、遊びから次の遊びへとシームレスに移行し（本当に見事な移行ぶりなので、最近は誰かの文章の中に「シームレスに」と書かれていると、そのシームレスは遊んでいる時の子どもくらいのことやろな、シームレスっていうのはそれくらいのことやぞ、と疑いの心を持って読んでいる）、新しいことに目をまん丸にし、めちゃくちゃどうでもいいことでゲッラゲラ心底幸せそうに笑っているのを見ていると、自分の毎日の生き様との差に、子どもに比べると大人の毎日ってなんやねん、大人ってなんやねん、とまたまた動揺してしまう。もうちょっとなんか、子どもの感じを残して生きたくないですか大人も。

Oは社会的には、今の段階では、男の子である。でも、子ども英会話教室の子どもたちがそうだったように、別に、あーこれは男の子だわ、これは男の子でしかないわ、としみじみこっちが思ったりするような行動は、やっぱり特にない。Oの書類の性別欄の「男」に丸をつけたり、おむつを替えたり、お風呂に一緒に入る時も、この子は男の子、といちいち思ったりしない。

外に出ると、やはり、その子が男の子なのか、女の子なのかは、挨拶レベルでよく聞かれる。

スーパーマーケットや商店街で買い物をすると、お店の人たちは親切で、Oに声をかけてくれる。

「男の子なのにかわいいね」

という言葉は何回か聞いたし、肉屋で壁にかかった電車のカレンダーを0がガン見していると、お店の人は、

「女の子かと思ったけど、電車が好きなのはやっぱ男の子だね」

とにこにこ言う。

かわいい、は女の子に属しているイメージがあるらしい。男の子だろうが女の子だろうが、どっちもかわいいでいいと思うのだけど、そうはいかないらしくて、なんだかいつもエクスキューズがついてくる。

確かに0は電車が好きだけど、公園で子どもを連れてきている女性たちと話すと、電車が好きな女の子は結構いる。うちの子はめちゃくちゃ電車が好きで、と言うと、

「あー、うちの妹ちゃんもそうだった」

とさらっと返ってくる。車や電車って別に男の子のものじゃないし、0は男の子だから電車を好きなわけでもない。ただ好きなだけだ。

そういえば、以前、女の子の親である女性が、

「お人形をぎゅっと抱きしめて、いい子いい子したりしているのを見ると、やっぱり本能って、性差ってあるのかもなって気持ちになる」

と話していて、その時は0がまだ人形も何もなんもわからん、デストロイ！　の時期

で、人というより小動物みたいだったので、そうなのか、と聞いていたのだけど、現在、Oがぬいぐるみをよしよしとなでたり、ぎゅぎゅっと押し潰さんばかりに抱きしめたりしているのを見て、さては性差じゃないなこれ、と眺めている。考えてみたら、かわいいものを抱きしめたり、大事にしたいのは、誰だって同じだ。

電車の他に、今のOが情熱を傾けているのは、料理である。いわゆるおままごとだが、本人は真剣なので、料理、と言いたくなる。

一時期は、大人が台所で料理や何かをやっていると、同じ空間にいたがり、手に届く範囲にある台所用品を片っ端から棚から引っ張り出し、ボウルをかき混ぜ、フライパンをかき混ぜ、じゃがいもをボウルからボウルへと移動させ、とひたすら作業していた。

ホットケーキやお好み焼きのたねをつくる時、Oにやらせてみると、超真剣な表情でたねをかき混ぜ、もうそろそろ交代しますと大人がへらを取り上げると、全身で抗議してくる。わかやまけんの『しろくまちゃんのほっとけーき』（こぐま社）は大好きな絵本で、どんな時でも私がこの絵本を開いて読みはじめると、いったん聞こうやないかの姿勢になる。何回も読んでほしがる。

今はリビングに、Oでも使えそうな台所用品やおままごとのおもちゃを寄せ集めた、O用のキッチンスペースみたいな空間があるので、もっぱらそこで忙しそうにしている。私の母監修のもと自分で洗って乾かしたかぼちゃの種を大事そうに瓶に入れ、ボウルでかき混ぜ、また別の瓶に入れ、またボウルでかき混ぜ、また他の瓶に……と永久運動のようにやっている。

おもちゃのコンロで焼いたハンバーグを皿にのせ、自分のごはん用のイスまで運んでいる横顔には、やりとげた自信が垣間見《かいまみ》える。児童館に行くと、大きなおままごとスペースがあるので、いつもそこに突入し、遊んでいる大きな女の子たちに交じっている。

また、私が外に出る時に簡単に日焼け止めやリキッドファンデーションを顔に塗っていると、その真似をして、にんまりしながら自分の両頬をぺたぺたはたいている。自分の顔に保湿でプロペトを塗ってもらう時もそれを思い出すらしく、妙に澄ました顔をして同じように頬をぺたぺたさわっている。私の化粧品や鏡がのっているチェストの上は、Oが口紅やアイシャドウの容器をさわりまくるので、よくぐじゃぐじゃになっている。

こういう瞬間を日々見ていると、性役割とかは、散々言われてきているように、つくられたものだなと容易にわかる。何も知らない状態だと、男の子のやること、女の子のやること、なんて関係なくて、ただ楽しいこと、興味のあること、になる。これは男の子用とか女の子用とか、全部大人が勝手に決めていることなんだと、Oといると痛感させられるし、私もすでにそれをやってしまっている。

一般的に男性が料理や化粧に興味を示さないとしたら、それはそれまでの人生で、そうなるようにコースをつくられてきたからだろう。

誘導がなく、料理や化粧に興味がないなら、それはその人がそういう人なだけだが、今の社会の感じだと、誘導があることはまあ明白だ。

私は兵庫県の姫路市で育った。姫路出身の有名な人といえば、松浦亜弥《まつうらあや》と髙田賢三《たかだけんぞう》なのだが、母が昔、何かで見たか読んだかしたらしく、髙田賢三の子ども時代のことを話してくれたことを覚えている。

髙田賢三は姉たちとお人形さんごっこやお人形の服をつくって遊んでいたらしい、やっぱりデザイナーになるような人は小さな頃から違うわ、というような話で、髙田賢三が子どもだった昭和の時代を考えれば、確かにそれは珍しいことだったろうし、その話を聞いた私が子どもだった頃も、それは確かに珍しいことだった。私はその話が妙に好きで覚えていたし、人によって違う、と意識するきっかけにもなった。

しかし、世の中は、髙田賢三のように自分を貫き通すことができる子どもだけではないだろう（髙田賢三自身も、洋裁学校に「男性の入学は認めていない」と断られ、一度は大学に進学している）。そもそも個人差だったところが、社会の働きかけで、否応なく男の子と女の子に分けられ、それを性差とされ、本人たちもそうなんかといつの間にかその区分けに合わせて自分の好みを形成する。そして、その二つのグループのどちらかに収まらないと、異分子扱いになる。

おもちゃ屋に行くだけでも、その組分けのダイナミズムを感じる（洋裁用品の店の、子ども用の布コーナーもすごい）。

男の子用のおもちゃ、女の子用のおもちゃがくっきりと分かれ、使われている色の違いもくらくらするほどわかりやすい。赤、青、黄、緑、黒とはっきりとした原色のスペースと、ピンクや薄紫色のパステルカラーのスペース。知育や将来のキャリアにつながるようなおもちゃは男の子に多く、女の子のおもちゃはおしゃれや家事につながるものが多い。

堀越英美《ほりこしひでみ》の『女の子は本当にピンクが好きなのか』（河出文庫）にまとめられているように、欧米ではこの二元論的な傾向が女の子の学習意欲、特に理系科目への学習意欲に影響するので、大人たちやおもちゃを販売する会社が、ジェンダーフリーのおもちゃをつくったり、女性研究者のキャラクターのレゴや様々な仕事の服装をしたバービー人形を発売したり、子どもたちへの働きかけに気をつかったりと、この差を埋めようと努めているそうだ。

男の子用も女の子用もなく、好きなおもちゃや好きな色を手に取って遊べる雰囲気づくりを我々大人たちが社会として、コミュニティとしてできたら、今のようにはっきりとわかりやすい線はきっとぼやけるはずだ。そのほうが可能性が増え、生きづらい人が減るだろう。男の子の色とか女の子の色とかなくなればいい。

それにしても、子ども用のアイテムの多さには本当に驚かされた。

子どもができる前は、存在も知らなかったあまたのアイテムを一つ一つ選ぶことが日常になり、明らかに、選ぶ、という行為が以前よりも格段に増えた。

妊娠中から、私は選んで、選んで、選んだ。

自分の経済状況に合わせて、病院を選び、マタニティのジーンズを選び、マタニティのブラジャーとパンツを選び（巨大なパンツは楽なので、いまだに就寝時にはいている）、入院中の寝間着を選んだ。自分のことや自分の体のことはさすがにそれなりにわかるので、たいして大変ではなかったが、未知の子どもにまつわるアイテムを選ぶことは、物が好きで物を選ぶのも好きな私でも、予想以上に難しかった。

（ある出版社の営業のYさんが数年前、新刊のサイン本をつくらせてもらうために書店をめぐっている最中に言っていたのだが、人が一日のうちに選択できる数は限られているそうだ。そのため彼女はいかに選択しないかに心を砕いており、休憩するために入った喫茶店でも、アイスコーヒーをストローなしで飲んでいた。ストローをつけるかどうか選択しないために。私がなぜストローを使わないのか聞いたところ前述の一言が返ってきた。以来、決めないといけないことが多くて妙に疲れている時は、その言葉と、でかいアイスコーヒーのグラスをあおっていたYさんを思い出す）

結果、選べないまま、導入するタイミングを逃したものもいろいろある。

まず、ベビーベッドを導入しそびれた。

ベビーベッドは使える期間が短いとは聞いていたが、赤ちゃんといえばベビーベッドで寝ているイメージがあったので、きっと買ったほうがいいのだろうと検討したのだが、どうもあの木の柵が物々しくて、牢屋《ろうや》みたいだなと躊躇しているうちに、機を逃した。

スウェーデンのドッカトットという、赤ちゃんの体に合わせてぴったり囲いがされていて、赤ちゃんが落ち着くらしいクッションと布団のハイブリッドのようなものが良さそうな気もしたのだが、数万円していたので、値段よ、と躊躇しているうちにこれまた機を逃した。

きれいなままXの実家に保管されていた、Xが子どもの頃に使っていた布団一式を送ってもらったので、それを私が普段仕事をしている部屋にしき、Oは退院後とりあえずそこに寝かされ、その後もそれで問題なさそうだったので、ベビーベッドのことはもういいやとなった。

今は一階の、元々はXの部屋だったのだが、いつまで経っても引っ越してきたままの状態で放置され使われていなかったためOが生まれる前に整理した部屋で、大人と同じサイズの布団で寝ている。その隣にもう一つ布団をしき、私の母がいる時は母が、それ以外の時は私とXが交代で寝ている。

小さい部屋なので、大人の布団二枚をしき、余った空間に以前ネットで買った特大サイズのヨガマットをしくと、床が隠れ、硬い面が消えるので、Oが転げ回っても安全でいい。寝相が悪く、寝ている間にぐるぐると布団の上を動いていくのだが、それだけの空間があれば、さすがに布団からはみだすということもない。

こんな〝野放し〟の状態なので、一度病院の食物経口負荷試験で半日入院をした際に用意されたのが、鉄柵のあるベビーベッドだった時は、あーこれ０は慣れてないから泣くだろうな、と思っていたら、案の定０は泣いた。もうちょっと上の年齢の子たちは柵のない、子ども用のベッドだったのが、０の年齢はまだまだ柵のあるベッドの時期なんだなと私も改めて理解した。

座る練習ができるバンボのベビーソファも、今買うとちょうどいい！　というタイミングを私が見計らい損ねたので、使わずに終わった。気がついた時には、０はもう座れるようになっていた。

様々なものを導入し損ねた私から言えることは、なくてもなんとかなる！　と開き直る、結果論的な楽観である。

そういえば、現在の０のお風呂は、実は猫用のトイレである。猫にもう一つトイレを買おうと、大きめであることを売りにしている商品を注文したところ、届いた現物を見たらさすがに大きすぎて、これ、子どものお風呂にぴったりなんじゃ、となった。

子どもが生まれる前に、何を買ったほうがいいか数人の友人に聞いてみたのだが、生まれてからで大丈夫、何も買わなくて大丈夫、とみんな口を揃えて言っていた。とはいえ、いざとなると不安で少しは準備をしたのだけど、あれは確かに本当だった。

さすがに子どもが生まれてすぐに慌ててエルゴベビーの抱っこ紐（紐、という概念を超え独自の進化を遂げた面白い存在）は買ったのだが、後から思えば、そんなに慌てて買わなくてよかったと思う。一ヶ月健診までは外出することってそんなにないし、私も一ヶ月健診まで一度もOを連れて外出しなかったので、その間にゆっくり考えてもよかった。

エルゴベビーの抱っこ紐はちょうど最新のモデルが出たところだったので、新しいほうがきっと機能的だろうと思いそれにしたのだが、過去のモデルに比べて、見た目的にも少しがちっとした感じがあり、Xがある時その抱っこ紐をつけているのを見て、なんだかアベンジャーズのファルコンのボディスーツみたいだなと思ったのでそう言うと、向こうも私がつけているのを見てそう思っていた、と返してきた。ファルコンのボディスーツと似ているわけではないのだが、なんだか雰囲気が似ているのだ。でも、最初の時期は、こんな小さくて柔らかいものを外に連れていくなんて正気かと何かと不安だったので、これぐらいがっちりしたほうが気持ちとしては安心で、私はこれでよかったと思っている。

一般的な抱っこ紐は外出先で外すとかさばり方が尋常ではなく、立派な荷物になってしまうので、病院などに行くと、肩のベルトは外して子どもは下ろしているが、腰ベルトだけは装着したまま、抱っこ紐をだらんとエプロンのように垂らしたままの女性が点在しているのも〝風物詩〟であり、そうなってしまうのがよくわかる。最初にこれを思いついた人はすごいな。

外出先で抱っこ紐を収納するポーチなどもネットショップで売られており、今のコロナ禍でのマスクケースもそうだが、何かの不便を察知した人たちがすぐにポーチやケースを売り出し商売にする現象を、私は嫌いではない。ポーチに入れても、たいして問題は解決されないところまでセットで。抱っこ紐の場合は、ポーチにいちいち収納するより、エプロン状態にしているほうが完全に楽だった。だが、我が家の抱っこ紐は前述のようにボディスーツのようにごつごつとしているので、垂らしても平面にならず、ぼこっと盛り上がっていて、エプロンに向いていなかった。

あと、子どもが抱っこ紐の肩ベルトの部分をなめたりかんだりするので傷むのを防ぐために、タオル地やガーゼ素材をくるっとベルトにかぶせてスナップボタンで留めるカバーが千〜二千円ぐらいで売り出されているのも面白かった。エルゴベビーの公式サイトでも売られていたし、今治《いまばり》産のタオル生地でつくられているのもあった。エルゴベビーユーザーならこのアイテムは欠かせないくらいの勢いだったので、私も買おうとしたのだが、母がこんなの家にある布でつくれると、また私が着なくなった厚地のボーダーの服で手作りし、スナップボタンはつけるのが面倒だからと、青いリボンで結ぶかたちにした。結果的にOはほとんど肩ベルトをなめたりかんだりしなかったので、あんまり意味がなかった。

このように便利だと評判の人気商品も、子どもによって個人差があるので、すすめられるまま買っても、子どもが気に入らなかったり、まったく必要がなかったりすることもある。

子どもの鼻水を吸い出すのに便利な人気商品メルシーポットは大人でも使えると言われており、やったー、慢性アレルギー性鼻炎の私も使えると密かに喜んでいたのだが、Oは今のところほとんど鼻が詰まらず、買う必要がない。この前少し体調を崩し、めずらしく鼻が詰まったので、これはとうとう買う時が、と私は身を乗り出さんばかりになったのだが、様子を見たらと言われているうちに数日で治った。

話を戻すと、エルゴベビーの抱っこ紐はいちいち装着感があり、Oが大きくなってきてベビーカーを併用するようになると、外に持っていくのはもっぱらモンベルの、ポケッタブルの抱っこ紐になった。家の中でも気楽にさっと使え、母もごついエルゴベビーは無理だけど、これなら使えるとがんがん使っている。私は元々モンベルが好きなのだが、この抱っこ紐の存在により、さらにモンベルが好きになった。

ベビーカーもいちいち考えてしまう私の性格により、そろそろいいかげん買わないとやばい極限まで決めかねていた。

ベビーカーには、ごく初期から使えるように設計されている型と、子どもがある程度大きくなってからの型がある。初期から使えるほうがもちろん値段がする。Oが生まれた後も数ヶ月は悩んでいたことにより、またまた買うタイミングを逃し、いまさら初期対応型を買ってもなと思ったので、それからさらに半年以上を抱っこ紐だけでしのいで、ちょっと大きくなってからバージョンにちょうどよくなるまで待った。

街中で素敵だなと思ったベビーカーのブランド名をチェックし、検索してみたりもしたのだが、たいてい高級なブランドで、がっしりしている分だけ重かった。うちは七十代もベビーカーを使うことになるので、重いのは駄目だった。あと今もそうだが、特にその頃の私は経済的な心配を常にしていたので、先のことを考えると、高いものを買いたくなかった。

また、ベビーカーをネットで調べている時に、ダブルタイヤだと男性は足が当たるのでシングルタイヤのほうがいい、と書かれていたのをXになんとなく話したところ、それは心に残ったらしく、その後はこのベビーカーどう？　と見せても、これはダブルタイヤだから嫌、シングルタイヤじゃないと嫌と言うようになってしまい、しまった、余計なこと言わなければよかったと自分の戦略ミスを後悔した。

以上三点を踏まえて目をつけていた、軽い、シングルタイヤのピジョンのベビーカーがセールで一万五千円になった瞬間、今しかない、とようやく購入に踏み切った。

結果、とにかく軽いし、新幹線やバスでもすぐにさっとコンパクトに畳めるので、まったく問題を感じてない。近所で同じベビーカーを押している女性とすれ違うと、心の中でエールを送っている。

今も相変わらず選択の日々だが、私がこの数年で学んだのは、

焦らなくても大丈夫。

高いものでなくても大丈夫。

子どもによって違うので、便利だと評判の人気商品だったとしても、様子を見たほうがいい。

だが買うと決めたら迷わずさっさと買ったほうがいい、子どもはあっという間に大きくなるのでタイミングを逃す。

しかし迷っている間の長考もわりと楽しい。

である。

保護する者でございます

12章

私は父親に子守唄を歌ってもらった記憶がない。

Oに子守唄らしきものを歌っていて、ある時、ふと気がついた。

母に歌ってもらったことははっきりと覚えている。もしかしたら、父も歌ってくれたことがあるかもしれないが、記憶に定着するほど歌ってもらってないのかもと思い、母に聞いてみたところ、何を言ってるんだ、うちの父親が歌うはずないだろう、とのことだった。死んだ父親は地質学の研究者で、調査でアフリカや中国から数ヶ月帰ってこないこともあったので（いいところに行くぞと父親に言われて連れていかれるのは、遊園地などではなく、いい地層が見られたり、いい岩を採掘できたりする山だった）、その間母は一人で弟と私を育てていた。

本当に幼かった時、長期の調査から帰ってきた父親の存在をすっかり忘れ去っていた私は恐怖で泣き叫び、部屋の隅に逃げた。Xがサングラスをしていたり散髪をしてきたりすると、知らない人だと思ったOがこわがって泣き出したりすることが前はあったのだが、そのたびに父親を忘れた自分のことを思い出した。私の親の時代は、女性が子育てをすることが今よりもずっと当たり前で、だから母は以前、外でベビーカーを押している男性を見るだけで驚いていた。そして、時代は変わったんだねと言った。元々、「自分の中に、歌う、という動詞がない」と表明するくらい、歌を歌うのが好きではないXも、子守唄は今のところ歌っていないが、絵本読みはだいぶ慣れたようだ。「絵本読みは克服した」と本人も言っていた。一度デパートの本屋の絵本コーナーで、女の子に絵本を読んであげている父親らしき男性を見たのだが、すごく読むのが上手で、あんた、うまいよ、めちゃくちゃうまいよ、と心の中で賞賛の言葉を送った。

母に歌ってもらった子守唄で記憶に残っているのは、

ゆりかごのうたを　カナリヤがうたうよ
ねんねこねんねこ　ねんねこよ

という北原白秋《きたはらはくしゅう》が作詞した「ゆりかごのうた」と、

ねんねんころりよ　おころりよ～
ぼうやは～

と、冒頭のフレーズしか今では覚えていない歌だ。調べてみたところ、「子守唄」というタイトルで、なんと江戸時代から歌われ続けているものらしい。江戸！ただこの思い出の二曲は、今、私がOに子守唄として歌うにはどうもしっくりこない。ねんねんころりよおころりよ、はあまりにも自分が普段使う言葉にないので、ねんねんころりよ？と戸惑うし、恥ずかしくて歌えない。子守唄自体歌わなくてもいいのではないかと考える向きもあるかもしれないが、子守唄を歌ってもらったことないなと後でOが思っても何だし、子守唄に対して抵抗感もないので、特に深く考えずに歌っている。

子守唄として童謡でも歌うかと思うも、小学生の頃、音楽の授業であんなに様々な童謡を歌わされたというのに、今になってみるとほとんど覚えていない。また、覚えているからといって、それが子守唄に相応《ふさわ》しいかといえば、それは別の話である。

あと私はいい曲を聴くとすぐに泣いてしまう性質があり、しっかりと覚えている「大きな古時計」を何度か子守唄として歌おうとしてみたのだが、どういう結末になるかもう知っているせいで、一番を歌っているあたりでもう泣けてきて、必ず途中で中断。声を詰まらせる私のことを、横になったOは無の表情で見上げている。「椰子《やし》の実」は好きなので、この歌はよく歌う。

Oが一歳半を過ぎた頃、テレビの教育番組を特に気に留めずにつけていたところ、

「パプリカ」の歌に合わせて、花が開くように両手を開く動きのアップが画面に映ったのだが、その時テーブルの上に座り、テレビに背中を向けていた、まだしゃべれないOが、まったく同じタイミングで同じように手を開く動きをしたので、やばい、天才！と驚いたことがある。何度もテレビで流れるので、歌のどの部分でその動きをするのか覚えていたのだろう。それにしても、教育番組を見ていると、どれだけ「パプリカ」が名曲か、聴くだに痛感する。明るい曲調でわいわい踊りながら歌われるこの曲を、Oを盛り上げながら一緒に歌おうとするのだが、毎回涙腺が崩壊し、途中で歌えなくなる。テレビ番組『シナぷしゅ』のオープニングの曲でも同様に泣いてしまい、歌えない。「いってきます」　ひろいセカイへ」というところに弱い。

もう何を歌えばいいのかわからなくなり、ミュージカル映画『オズの魔法使』の「虹の彼方に」を歌ってみたところ、大好きな歌であるため結果は見えていたが、案の定泣けてきて、歌うどころではなかった。同じく『メリー・ポピンズ』は、「お砂糖ひとさじで」などの楽しい歌や、「眠らないで」と歌う、ツイストの効いた子守唄は大丈夫なのだが、「2ペンスを鳩に」では号泣。『サウンド・オブ・ミュージック』の自分の好きなものをどんどんあげていく「私のお気に入り」も、名曲すぎて泣けてくる。困りきって、その頃好きだった、天使と悪魔が仲良くなってしまう、Amazon Prime Video配信のドラマ『グッド・オーメンズ』に出てくる、子どもを悪魔に育てるための子守唄を歌ってしまったことが何度かある。念のため歌詞は歌わず、メロディーだけ。

二〇二〇年の八月下旬、ＢＴＳが「Dynamite」をリリースした。その年に入ったあたりから、私は坂道を転がり落ちるようにＢＴＳにはまり出し、「Dynamite」が出た頃にはＢＴＳについて見聞を広めるのに忙しい日々を送っており、もちろん「Dynamite」もひたすらリピートして聴いていた。「Dynamite」しか聴かない日もあった。

そうなると、Ｏを寝かしつける時もついつい「Dynamite」を歌ってしまい、歌ってみると、この曲は案外子守唄にもいいのだった。

まず、発見したのだが、たいていの歌はささやき声で歌うと子守唄みたいになる。さらに、この歌の歌詞は、解釈しようによっては、子どもの歌っぽくもなる。「'Cause I'm in the stars tonight」とはじまるサビの部分を、「ぼくは今夜お星さまたちといるから、ぼくがお空を明るくするのを見守っててね」と、小さな子が親に向かって言っているのを脳内でイメージし、そうそうこれは子どもの歌、こういう絵本あるある、いっぱいある、と思いながら、歌っている。Ｏもまんざらでもないらしく、「Dynamite」を歌って寝かしつけに成功したことが、私は何度もある。

ただ、子どもはそうそうすぐに寝るものではないし、子守唄を二、三曲繰り返し歌うのでは、間が持たない。あっという間に手持ちが尽き、どうしようと困ってしまう。

絵本だと、同じ絵本を繰り返し読めとＯに要求されても一切嫌にならず、何度でも読めるし、Oと絵本を次々に読んでいると、世界中の絵本を二人で読んでやろうぜ、と妙に豪気な気持ちになるのだが、子守唄は同じ歌ばかり歌っていると、私は子守唄をこれしか知らない駄目な人間なんだと、しんみりする。子守唄は一曲一曲が短すぎる。
そんな私が編み出したのは、これまた北原白秋の「赤い鳥小鳥」を応用する作戦だ。

赤い鳥　小鳥
なぜなぜ赤い
赤い実を食べた

白い鳥　小鳥
なぜなぜ白い
白い実を食べた

青い鳥　小鳥
なぜなぜ青い
青い実を食べた

という、とてもシンプルな、三番までしかない短い歌なのだが、

緑の鳥　小鳥
なぜなぜ緑
緑の実を食べた

ピンクの鳥　小鳥
なぜなぜピンク
ピンクの実を食べた

と、勝手に延々と、続けていくのである。
歌っていると思いつく色も少なくなってくるが、

セルリアンブルーの鳥　小鳥
なぜなぜセルリアンブルー
セルリアンブルーの実を食べた

　胡粉《ごふん》色の鳥　小鳥
　なぜなぜ胡粉色
　胡粉色の実を食べた

と、色の難易度をあげるとそれからさらにしばらく間が持つ。
そして、どうしても色が思いつかなくなったら、そこからは形容詞ゾーンに突入すればいい。

　かわいい鳥　小鳥
　なぜなぜかわいい
　かわいい実を食べた

　こわい鳥　小鳥
　なぜなぜこわい
　こわい実を食べた

と、多少世界観は無理やりでも、童話や奇想ならありそう、と自分を納得させ、思いつく限りの形容詞を動員すると、エンドレスで歌い続けることができる。

あと、今書いていて思ったが、いざとなったら、「鳥」を他の動物に代えていけばいい。こんなにアレンジの利く歌をつくった北原白秋、ありがとう。

タケモトピアノのＣＭなど、子どもが泣き止《や》む、と口コミで評判になっている歌というのもいくつかあり、知っていると安心だった。Ｏはあまり夜泣きをしないタイプだったのだが、数週間ほど、日によっては夜中に急に泣き出して、大人たちがどうあやしても泣き止まない時期があった。

この時、子どもが泣き止む、と名高かった反町隆史《そりまちたかし》の「ＰＯＩＳＯＮ～言いたい事も言えないこんな世の中は～」をかけてみたのだが、本当にすぐに泣き止んだので驚いた。前奏がかかり出すと、なんだこれはと、ぴたっとＯが全身の動きを止めるのである。そして、「ＰＯＩＳＯＮ」が流れるなか、すやすやとまた眠りの世界に戻っていく。一方、残された私の頭の中はしばらく「ＰＯＩＳＯＮ」のメロディーと歌詞でいっぱいになり、眠れなくなった。Ｏが泣き出したら、一秒でもはやく「ＰＯＩＳＯＮ」を再生できるよう、音楽ストリーミングサービスのSpotifyで「ＰＯＩＳＯＮ」を登録していたのだが、まるでお守りのようだった。「ＰＯＩＳＯＮ」まで必死のお守りになる日が来るとは思いもしなかった。

これを書いている二〇二一年三月、Oはちょうど二歳になった。以前は大変だった外食も、落ち着いてイスに座ってごはんを食べられる今では、ただただうれしい時間だ。お店で食べられる物も増え、新しい料理を食べて「うおっ！」と声を上げるOを見るのも楽しい。愛用のぐるんぱのクッションも予想通りクタクタになってきた。Oはできることが増え、ずいぶんと楽になった。

この連載をはじめた時、連載が終わる頃には夫婦別姓ができるようになっていて、私が書いているようなことはすでに過去のことになっているんじゃないかなと、思ったりしていた。それでも、自分にとって、妊娠と出産にまつわるあらゆることが不思議で、面白くて、腹立たしくて、信じられないことばかりで、すぐに過去のことになってもいいから書きたかった。

でも、実際は、夫婦別姓に関しては、むしろ後退してしまった。

二〇二〇年の十二月、もうすぐ新しい年を迎えるタイミングで、二一年度から五年間の「第5次男女共同参画基本計画」から、「選択的夫婦別氏制度」という言葉が消されたと報道され、多くのメディアが「大幅な後退」と書いていた。その翌年、よりにもよって男女共同参画担当相の丸川珠代《まるかわたまよ》議員が、夫婦別姓に反対する文書に署名していたこともわかった。

私も知った時は本当に驚いたけれど、現在、夫婦別姓ができない「先進国」は世界で日本だけだ。

他の国ではこうだ、他の国はこう進んでいる、といった具体的な例を出して、制度や福祉について誰かが意見を言うと、日本は他の国と違うし、それぞれの国の良さが、と反論する人をSNSなどでもよく目にするし、実際にそういう場合もあるだろうけど、でも、日本以外のすべての「先進国」は夫婦別姓をとっくに導入していることを思えば、さすがにおかしいと認めてもいいのではないだろうか。他の国では当たり前のこととしてなされている、結婚する二人が、それぞれ自分の名字を保持してともに生きていくことが、なぜこんなにも難しく、そんなにも脅威なのだろう。

去年、あるお店で、大学を卒業したばかりで、これからどうしようねと将来のことを話し合っている女性の二人連れが隣に座っていた。何かの拍子に結婚の話になり、片方の女性が、

「あと私、結婚するなら絶対夫婦別姓がいいんだよね」

と言った。

もう一人の女性は、

「へー、こだわり強めだね」

と答え、そのやりとりは特にそれ以上はなく、二人は別の話題に移っていった。

調査の結果、七割が夫婦別姓に賛成しているというニュースも読んだことがあるし、

夫婦別姓が「こだわり強め」と評される時期はとっくに終わっているように思うのだが、名字を変える、変えないは大半の人にはたいした問題ではない、と信じきっている人もまだまだ多いのかもしれない。

でも、この連載をしていた一年の間にも、私の周りの人たちに名字にまつわるいくつかの出来事があった。

友人の一人は、十年前に結婚した際に、夫の名字に変わったのだが、いよいよ自分の名字が奪われた状態が耐えられなくなり、去年の年末にペーパー離婚をした。

結婚する際、「仕事で旧姓を通称使用できるから別に戸籍上くらい譲ってやれ」と思っていたけども、法的に奪われた時のショックは思ったより大きく、いざ婚姻届にサインする段になって、自分が今からしようとしていることがどういうことなのかハッと気づいて、ペンを握っている手が震えたそうだ。

数年前に彼女は起業したのだが、その準備の間に、いかにこの社会が「世帯主」を主体に考えられているかを痛感した、いくつかの屈辱的な経験もあり、余計に名字を取り戻さなければならないと思ったという。

たとえば、法人の代表名は、登記簿に戸籍名（夫の姓）・旧姓が併記登録できるので、自分の旧姓が公的な書類に明記されるのは結婚以来でうれしさも大きく、何かを取り戻せたと、彼女は束《つか》の間《ま》感じることができた。しかし、会社をつくるのは彼女なのに、すべての書類は夫の名字で作成され、法人カードも戸籍名でしかつくれないと言われた。

　また、以前勤めていた会社を退職後、起業するまでの少しの間、国民健康保険に入ったところ、市役所で渡された保険証には、今まで会社名が入っていた箇所に世帯主として夫の名前が印刷されていて、保険料の請求が彼女自身ではなく、夫に来たことも、知識では知っていたつもりでも、彼女にはかなり屈辱的だった。

　そして、彼女はペーパー離婚してどうなったかというと、夫と「ラブラブ」になったのだった。

　それまでは、自分は夫のせいで名字を奪われたと恨みに感じていたところがあり、そのこともあって夫の言動に怒りを覚えることが多く、諍《いさか》いに発展し、危機的に夫婦仲が悪い時期も短くなかったのだが、自分の名字を取り戻したことで、恨みから解き放たれた彼女は、前よりも夫に優しくなれ、結果、まさかの「ラブラブ」に。

　ペーパー離婚をしてすぐのタイミングで彼女の会社を訪れた際に、「ラブラブ」になったと聞かされた時は、頭の中ではてなマークがいくつか飛び交ったが、クリスマスイブだったその日、会社には夫からのサプライズプレゼントが届き、なるほど「ラブラブ」と納得した。

　ペーパー離婚に関して夫自身は、家族がこれまで通り仲良くいられるなら、それでも別にいい、という態度だったそうで、夫は私が苛立《いらだ》っていたのは育児の疲れなどが原因だと思っていて、名字を奪われた私の恨みには気づいていなかったんじゃないかと考えると少し脱力感はあるが、本当にペーパー離婚をしてよかった、と笑っていた。

また別の友人は、結婚することが決まって周囲に報告も済んでいたものの、やはり名字が変わることが嫌で、事実婚にしたいと伝えたところ、そう言うと思っていたと、彼は一度は了解してくれたのだが、本心では彼女が自分の名字にならないことがどうしても受け入れられず心身のバランスが崩れてしまい、結局、別れることになった。

こうやって実際に、身近にいる人たちの人生の中で、名字が呪いになり、影響が出ている。それなのに、名字なんてたいしたことでないと言い続けるのだろうか。同じ名字じゃないと家族の絆《きずな》がどうこうと主張する人たちも根強く存在するが、逆に、同じ名字じゃないといけないせいで、家族やカップルの絆が壊れている事実はオール無視なのだろうか。夫婦別姓ができれば別れずに済んだのに、といった単純な話ではなく、これはもっと大きな、社会としての呪いの話だろう。

私が結婚せずに暮らしているカップルがいることをしっかりと自覚したのは、高校生の頃だ。

私はアメリカで二年間過ごした後、日本に帰ってきて、大阪の高等専門学校に通ったのだが、その学校は生徒も先生も「普通」に馴染《なじ》めなかった人たちの集まりだった。いじめにあってこの学校に来た生徒もいれば、いじめにあってこの学校に来た先生もいた。

今でも時々、先生たちの不思議な言動の数々をふと思い出す。一つ、本当に勉強になった、と感謝している授業があって、それは英語の授業だったはずなのだが、担当の先生が教材として使用するものが、一風変わっていた。リスニングの授業では、ケヴィン・コスナー主演の映画『フィールド・オブ・ドリームス』が使用され、みんなで「If you build it, he will come.（それをつくれば彼は来る）」などの有名なセリフを耳を澄まして聞き取っては、プリントに書き込んだりしていた。私はもともとこの映画が好きだったので、うれしかったことを覚えている。

ある時、先生がニュース映像を授業で流した。

そのニュースは、日本のプロ野球で審判をやっていた白人男性が、彼の判定に納得しなかった選手たちからクレームを受け、怒って帰国した、というものだった。

彼女は、このニュースについてどう思うか、生徒たちに質問した。

慣れない土地でかわいそうだ、と誰かが答えると、彼女は首を振り、さっきのニュースの中の、審判のインタビューをもう一度よく聞くように言い、ビデオテープを巻き戻した（そういう時代がかつてあった）。

ほら、「teach」という言葉をこの人は使っている。日本の選手たちに自分が教えてやっている気持ちだった。だから反論されて腹を立てた。他国の人や文化に理解を示さず、自分は教える側と思い込んでいるのはおかしい、と彼女は言った。

これもうリスニングの授業じゃないだろ、と今思い出すとちょっと笑ってしまうが、でも本当の意味でのリスニングの授業だったとも思うし、よく聞け、と私たちに言った時の先生のことは忘れられない。大切なことを教えてもらった。

そして、歴史の先生は、長い髪を後ろで一つに束ねている、いつもアジア雑貨店で売られているような麻の服を着ている小柄な男性だったのだが、彼がある時、うちの夫婦は法的には結婚していない、と授業の途中で生徒たちに話した。なんの文脈でそう言ったのか、残念ながらまったく覚えていないのだけど、急に改まった調子で先生は言い、十代の私は、先生の気持ちまで思い至らず、そういうことが可能なのかと、むしろ明るい事実のように感じた。

夫婦別姓ができない今日の日本のことを考えると、そう言った先生のことを思い出す。先生が事実婚をしていたのか、それとも今の私のように、住民票の続柄を「妻（未届）」に変更するといった、事実婚の手続き自体をしていなかったのか細かいことはわかりようがないし、もし夫婦別姓が可能だったら結婚したかったのかどうかもわからない（その話も授業中にしていたかもしれないけど、なんにしろ私は覚えていない）。いまだにこの状況の日本を、先生は今、どう思っているだろうかと考えるのだ。

今の日本では、夫婦別姓も同性婚もできず、想像しているよりももっとずっと多くの人が、法的には家族じゃない状況で、家族をつくっている（私の海外版権のエージェントをして下さっているEさんは事実婚で、十一歳になる子どもがいる。十年前、保育園に申請する際、書類に書かなくてはならない「妻（未届）」の一言について、役所で担当してくれた男性は、「こんなこと書かなくてすむならいいのにね」と言ってくれたそうだ）。その小さな集まりには別に家族という単語を当てはめなくてもいいけど、法的に家族になりたい人たちだってたくさんいる。みんな待っている。人の人生は一度きりなのに、有限なのに、こんなにも長きにわたって、人々のとてもシンプルな願いに反対し、踏みつけ続けることができるなんて信じられない。

特に、法的に家族でないことで起こる相続に関してのトラブルや、どちらかが病気になった時にもう一人が家族だと認められない現状は、早急になんとかしてほしい。先に書いたように、私が出産する際に、私に何かあっても病院側はXには詳しく説明できないし、彼を集中治療室にも入れられないと説明があり、私はもうそれについては知っていたので、これが噂の、と了解したが、それもほんとどうかと思う。だって、病院の人たちは、Xを私の夫として接していたのだから、そこだけ急に駄目なのは、不条理である。

あと、この二年間の生活を通して思うのは、今の形態の「結婚」のいいところが本当によくわからないことだ。

タレントの女性が結婚をせずに、シングルマザーとして子どもを産む、と報道されると、そのニュースにつく二大コメントに、お金がある人はそれでいいんじゃない、と、児童扶養手当を不正受給されるかも、がある。

不正受給については、誰かに子どもが生まれるとニュースで知って、まずそれが気になる人がこんなにもいるのか、という恐ろしさがあるのだが、これについてはそんな簡単なものじゃないぞと私は声を大にして言いたい。

結婚していない私は法的にはシングルマザーであるはずなのだが、私はシングルマザーとして扱われない。Xと同じ家に住んでいるからである。

Oが生まれてすぐの頃、児童扶養手当ではなく、児童手当の申請をしに区役所に行き、結婚はしていないが一緒に住んでいる、と説明したところ、係の人は、

「じゃあ、対象ではないですね」

と一言言った。何のことかわからず、

「何のことですか？」

と私が聞くと、児童扶養手当のことだった。

これもまた私の中で、これが噂の、だった。

児童扶養手当は、確かにこれは不必要な場合もあるのだろうが、いろんな記事を読むだに、判定の仕方がおかしいと常々思っていた。

たとえば、以前、シングルマザーが親戚か友人の男性とルームシェアをしているせい

で、児童扶養手当が受けられなかった、と取材を受けている記事を読んだ。彼女もその中で言っていたが、一つ屋根の下に男性がいたら、女性は当然その男性から金銭的援助を受けているだろう、とする考え方は、信じられないくらいに偏見と差別にまみれていて、こんなおかしな考え方のせいで、子どもと二人で生きていくために必要なお金が受け取れなくなるなんて、本当にひどい。

また、児童扶養手当を受給している女性の家に、男性と同居していないかと、区の男性職員が突然訪れ、家に上がって確認していくのが嫌なのだが、しかし文句を言ったら、受給を止められるかもしれないと何も言うことができず、女性が精神的にダメージを受けている、との記事も読んだことがある。これもひどいし、女性と子どもだけで暮らしている家に、男性が一方的に上がり込むことで与える恐怖をもっと考えるべきだ。

女性が子どもと孤立して生きていなければ、金銭的に助けない、というのは極端だし、こわい思想だ。シングルマザーが金銭的援助を受けずに、ただ誰かと暮らしているだけでも、もう贅沢《ぜいたく》だとでもいうのだろうか。それに、誰かから金銭的援助を受けていたとしても、それが十分ではない場合もあるだろう。

つまり、今の私は、ある意味、法的にはシングルマザーでありながら、シングルマザーではないという、宙に浮いたような状態で、そういうことだから、じゃ！　っと区役所に判定されたわけである。

だから、知らない誰かの不正受給を怪しむ人たちよ、その心配のエネルギーを他のことに使おうぜ。そんな風になってないぜ。

また、社会では、結婚↓妊娠という順番が正しいことになっており、できちゃった結婚などの表現もあるが、本人（たち）がよければ、順番とかどうでもいいだろう。

もう一つの、お金がある人はそれでいいんじゃない、も私は常々不思議だった。結婚していると、そんなに経済的にいいことがあるのだろうか。しかし、お金持ちでもなんでもないくせにこんな生活をしている私は、詳しく調べてくやしくなるのがくやしかったので、いつもちゃんと調べないまま、曖昧にしていた。

が、いい加減現実を知ろうと思い調べてみても、よくわからない。

結婚している友人たちと会った時に質問してみたところ、相続関係以外だと、彼女たちも特に思いつかないと言う。その場では、おそらく配偶者控除とかのことだろうという結論になった。

配偶者控除、これは私の母が、父が生きている間は、決して越えなかった壁だ。

配偶者控除を受けるために、母は年間で百三万円を超えて稼ぐことができなかった。ひと月に約八万五千円。母はパート以外の仕事ができなかった。その制度は、幼い私の目にも女性が働くことを拒む装置のように見えたし、当時からそう語られてもいた。

前述の友人たちはみんなそれぞれ仕事をしていて、配偶者控除をそもそも受けることができない。配偶者控除がうまく機能している家も確かにある一方で、今は夫婦ともにフルタイムで働いていることも多いだろうし、そうなると、まず配偶者控除は消える。

その日帰ってから、さっき一緒に話していた友人の一人が、こんなのを見つけたとある記事のリンクを送ってくれた。

経済関係の記事がまとめられているサイトで、結婚をすると何か金銭的にメリットはあるのか、同棲でもいいんじゃないか、と。二十代の独身の女性が質問していて、それにプロのファイナンシャルプランナーが答えていた。

読んでみたところ、配偶者控除は我々が話していた通り、両方に仕事がある時点で意味がないと早々に語られ、今後社会保障も見直されると予測されるので、相続的には意味があるが、そのほかのメリットはほとんどない、若いうちは同棲でいい（もちろん人はいつ何時何が起こるかわからないが）、と身も蓋もない結論になっていた。

これがその通りならば、既存の結婚制度を一度解体し、夫婦別姓や同性婚などをさっさと実現させるくらいしないと、本当にメリットがないのではないだろうか。

が、現状は現状のまま、日々は過ぎていく。

この連載をしている間にも、いろいろなことがあった。

育児まわりのことはあっという間に進化していく、と私が出産するよりも前に子どもを産んだ友人が、液体ミルクの販売開始や新しい育児グッズに歯嚙《はが》みしていた話を前に書いたが、その後、Oの時は有料だったため二回で三万円を支払ったロタウイルスのワクチンが無料になり、ぎえええ、この感覚か！　と私もギリギリと歯嚙みすることになった。

もう一つ、なぜ今！　となったのは、病院までのバスのルートが変わったことだ。病院は、どの駅からも離れているのでバスで通っていたのだが、途中急な狭い坂道の先にある別の病院を経由するために、乗客は多いのに、通常より車体の小さいバスが採用されていた。そのため十人弱で座席に座れなくなるので、次のバスをさらに何十分も待ったりしていたし、狭い坂を上っていくのも体感としてしんどかった。それが出産後、坂の上の病院を経由しなくなり、バスのサイズも大きくなった。今も月一ぐらいで通っているのでありがたくはあるのだが、ルート変更の表示をバス停ではじめて見た時は、おい！　と詰めよりたくなった。

また、妊娠中に十四キロほど体重が増え、後半は病院で体重のことばかり言われ続けた私だったが、二〇二一年三月、妊娠中の女性の適切な体重増加量の目安を、妊娠前のBMIが十八・五未満の時は、「従来より三キロ多い十二〜十五キロ」に改定すると日本産科婦人科学会が発表したというニュースを読み、私、間違ってなかったやんけ！と、これも歯嚙みする事態になった。液体ミルク関連もどんどん便利になっているが、Oはもう液体ミルクを飲まなくていい。

一年前は、Oより大きな子ばかりだったが、今街を歩いていると、Oより小さな子たちがたくさん目に入る。子ども服や育児グッズでこれかわいいな、便利そう、と気に入るものがあっても、Oにはもう小さすぎたり、もうそれを使う時期が過ぎていたりして、時の流れよと、商品の棚の前で遠い目になる。

入院中、三キロ台で生まれてきたOを抱くと、すぐに腕が疲れた。退院時、Oを腕に抱いていたXは、病院を出る前から「腱鞘炎《けんしょうえん》になりそう」と言った。家に帰ってしばらくして、Oを抱いたまま立ち上がった私は、はじめてギックリ腰になった。その頃に比べたら、Oの成長にともない、我々の腕の力は明らかに強くなった。十キロを超えた今、三キロで重いと感じていたのが嘘《うそ》のようだ。でも私は、この二年間、年に一、二回はギックリ腰をやってしまっていて、どれもOを抱き上げた時だ。いいかげん腰を鍛えないといけない。

元々韓国ドラマが好きだった私の母は、同居してくれている間にNetflixとの出会いを果たし、私の古いパソコンを使って次々と韓国ドラマを見ていた（今も見ている）。淡々と、しかし着実に次のドラマに移っていく情熱がすごい。

妊娠中、出産後の女性の在り方も、当たり前だけど、一人一人違っていていいんだなと改めて思っている。

このエッセイについて連載中に取材してくれた女性誌のライターさんは加山雄三《かやまゆうぞう》の大

ファンで、臨月の時に行われた加山雄三のサイン会にどうしても行きたくて、病院の助産師さんに相談したそうだ。正産期に外出するなんてと怒られるかなと思いきや、すぐ帰ってこられる距離ならせっかくだから行ってきたらと、三十分か一時間くらいならとお墨付きをもらい、晴れてサイン会に行ったところ、彼女の大きなお腹を見た加山雄三は「（妊娠・出産は）はじめて？　がんばれよ〜」と、サインをしながら励ましてくれたという。

また、出産から一、二年後、旅行がてら西伊豆の加山雄三ミュージアムで行われたサイン会にも子連れで行き、列で待っている間に子どもがぐずり出したので、列から離れるしかないかと思っていたら、周囲の人たちが、「飽きちゃったかな〜」「もうすぐだからね」と声をかけてくれ、本人は以前サイン会に来た妊婦のことを覚えていなかったかもしれないけれど、「あの時の子どもが生まれました」と無事、加山雄三に報告することができた。

インスタグラムで見た、以前アスリートとして活躍していた女性は、産後半年で山に登ったり、ランニング用のベビーカーを押しながら走っていて、自分とのあまりの違いに驚いた。ランニング用のベビーカーがこの世にあるなんて考えたこともなかった。

無痛分娩については、インスタグラムなどで人気がある、デザイナーやインフルエンサーをやっている女性たちが、ファッションやインテリアからリッチさがこれでもかと伝わってくるのに、出産になると、無痛分娩を選択せず、どれだけ大変なお産だったかを書き綴《つづ》る現象を数件目撃し、一概に経済的に余裕がある、ない、の問題ではないのだと、より根深いものがあることに気づかされた。

私の担当をしてくれている編集者さんの一人に何かのタイミングでこの件について話したところ、彼女の友人も、持ち家がある非常に稼ぎが多い夫婦なのだが、自然分娩を選択し、その後、出産を控えている別の友人に、自然分娩と無痛分娩のどっちがいいか相談された時に、「○○ちゃんにも、私と同じ痛みを味わってほしい」と、あの痛みを味わったら友情が深まる、とでもいうような調子で言っていたそうで、衝撃を受けたらしい。友人にはあの痛みを味わってほしくない、ならわかるがと彼女は心底困惑していた。

いまも、自分が妊婦として過ごした八ヶ月間を思うと、ぼんやりしてしまう。正解も答えもなく、ある一点に向かって否応なしに進んでいった八ヶ月。病院で出された処方箋を持って調剤薬局に行ったら、医師が大丈夫と言って出してくれた薬を心配して薬剤師さんが医師に連絡を取ろうとし、何も知らされないまま、薬局で三十分近くも待たされ、体がとにかくしんどかったこと、そしてこの一件を次の健診で伝えたら、「え、大丈夫なのに！」と医師が言ったこと、その他様々なことを思い出すにつけ、さすがにもうちょっとなんとかならないのかなーとやっぱりぼんやりしてしまう。

妊婦加算も本当に謎だった。いまだに苦々しい。二〇一八年四月に導入され、二〇一九年一月に凍結された妊婦加算の制度と私の妊娠期は見事にシンクロし、内科などに受診するたび、妊婦であるだけで、余分にお金を取られた。一度、妊娠前期〜中期のあたりで行った皮膚科で、向こうが私が妊婦であることに気づかず（私の使っていたマタニティマークは、小林《こばやし》エリカさんや前田《まえだ》ひさえさんが参加されているプロジェクト「POR BEBO」のもので、とても素敵なイラストなのだが、普及しているデザインと違ったせいか、かばんの前につけていたのだけど、気づかれなかった。このよく見ないと気づかれない具合も気に入っていた）、私も申告し忘れ、加算されなかったことがあり、ますますよくわからないものだと感じた。今後もし再開するとしても、負担を妊婦に背負わせるのは理不尽の極みなので絶対にやめてほしい。決めた国が出せ。

相変わらず、世間が子連れの女性をどう思っているかがよくわかる案件が定期的に勃発し、これを書いている最近も、段ボール箱や商品が所狭しと置かれており、通路が狭いことで定評のある輸入食料品店のカルディに、ベビーカーで入りやすくなったらいいのに、とツイッターに綴られた誰かの願望とも呼べないような感慨に、ベビーカーでカルディに入るなんてありえない、カルディはベビーカーで入る場所じゃない、と反論する人たちが多数出現し、地獄のような殺伐とした空間が生まれていた。

私は、ベビーカーでカルディに入るなんておかしい、という言説に、めちゃくちゃびっくりし、嘘だろ、といたたまれない気持ちになった。

なぜなら、私はそれまで全然気にせずカルディにベビーカーで入りまくっていたからだ。むしろ、こんなに狭いのに入ってやっているんだ、見ろ、この華麗なベビーカーさばきを、くらいの気持ちだった。

もちろん、店の中で、ベビーカーで入ると面倒そうな場所には近寄らなかったし、必要なものを手に入れるとすぐに会計を済ませて出るようにしていたし、大人が一人じゃない時は、片方はベビーカーと一緒に、店の外で待機していた。

でも、ベビーカーで入っちゃいけない場所だなんて一度も思ったことはないし、そう思っていた人がたくさんいたことに本当に驚いた。驚いたが、これからもベビーカーでカルディに入ろう、としか思わなかったし、ツイッターが荒れている間に、カルディは即座に行動に移り、店の通路は広くなった。

カルディの通路が広くなったとの目撃談がツイッターにたくさんあがっていたので、私も最寄りのカルディに行ってみた。確かに通路が前よりも広く、段ボール箱が積み重なり塞がれていた場所が出入口になっているような気がしたが、自分の記憶に自信がなかったので、私が用事を済ませている間に、先にベビーカーを押してカルディに入っていた母にどう思うか聞いたところ、「広くなったらしい、店員さんに聞いた」と、直接聞いて疑問を解決していた。店から出る時も、「広くなったからまた来ようね」と店員さんに聞こえる声で言って、アピールしていた。その後、別の日に、車イスの女性が一人でカルディのレジの列に並んでいるのを見た。この店ではじめて見る光景だった。

Oには激しいレジスタンス期があったのだが（これがイヤイヤ期ならたいしたことないなと思っていたら、イヤイヤ期ではなかった。本当のイヤイヤ期は二歳になってからじわじわとはじまった）、その頃に母とカフェにいたら、Oがどうしても落ち着くことができず、泣き続けたので、私だけOを抱えて店を出たことがある。

Oは店の外に出ると、今度は、私の腕の中で暴れ、地面に降ろせ降ろせと要求してきた。仕方がないので、下に降ろすと、Oはけろっと泣き止み、駅のほうにズンズンと歩いていく。電車が見たかったのだ。

踏切が近くなってきたので、私が再びOを抱き上げると、Oは抗議の声を上げ、全力で身をよじり、嫌がった。服がまくれ上がり、お腹が出たが、Oはバタバタと暴れ続けていた。

ほとんどの人は無関心で踏切の方向を見ていたけれど、その時、私はそれとは別の、二つの視線に気がついた。

一つは、駅の近くに立っていた若い女性で、彼女はこっちを見て、にこにこしていた。

もう一つも若い女性で、彼女はこっちを嫌そうに、さげすむようににらむと、駅の改札に入っていった。

無関心、好意、敵意。

この三つの視線の中で、私はOと一緒にいる。もちろん関心を寄せられないことがありがたい場合もある。

最後まで、書こうと思いながら、なんだかほとんど書けないままだったことがある。

それは「母性」だ。

書けなかった理由は、あまりにもよくわからなかったからだ。Oを育てている間に「母性」なるものへのヒントを得たり、これが「母性」や！ といった心境に到達したりするのだろうかと秘《ひそ》かに期待していたのだが、今のところ、特に手がかりはない。だいたい、あらゆることが心配でうわーってなったり、日々進化していく様に感動してうわーってなったり、何かと、うわーってなる、この絶え間のないいろいろな気持ちを、私の気持ちを、「母性」にまとめられるって心外だ。知らんやろ、それぞれの人の、それぞれの気持ち。

「母性」と呼ばれているらしい感情を、自分にとってしっくりくる言葉で言い換えると、めちゃめちゃ大切にしなければならない存在をめちゃめちゃ大切にする、が近い。それは母でなくても、誰もがそれぞれ担えることだ。XがOと遊んだり世話をしているのを見ても、これ別に「父性」とか関係なくないかと思う。Xに聞いてみても、「父性」は一般的な意味でも個人の感覚としてもよくわからないと言っていた。

調べてみると、「母性」は、日本では、エレン・ケイ著、平塚《ひらつか》らいてう訳の『母性の復興』（新潮社、一九一九年）の中ではじめて使われたらしい。男性＝仕事、女性＝家事と育児、と役割分担することで、資本主義社会を発展させてきた過程で、「母性」はとても都合のいい言葉だった。育児を女性に押しつけている間に、男性が経済を動かすわけである。

そのシステムの中で、女性は疲れ、男性は疲れ、社会は疲弊している。今のこの状況下で使われる「母性」や「父性」に、私はいちいちびくついてしまう。「母性」も「父性」も、今のこの手垢《てあか》にまみれた、しんどい感じが薄れるまで、私はとてもじゃないが使う気になれないし、安易に使われてほしくない。いつか、新しい意味をまとった「母性」や「父性」を見てみたい。

私は去年、何かのプリントを見ていて、そこに書かれていた「保護者」の三文字に、まるではじめて知った言葉のようにハッとし、しみじみと感じ入った。

「保護する者」って、ファンタジーの旅の仲間みたいで、かっこよくないか。誰かにOとの関係性を聞かれたら、「保護する者でございます」と答えたいくらいだ。

育児を二年間経験した今、私が育児ドラマとして最も共感しているのが、『スター・ウォーズ』シリーズの新作である『マンダロリアン』だ（育児ドラマではない）。展開的にはちょっと古臭いなと感じるところもあるのだけど、ペドロ・パスカル演じる主人公のマンダロリアンが、ザ・チャイルドと呼ばれるベビーヨーダを助け、世話を焼いている姿を見ていると、私と一緒！　つまり、私はマンダロリアン！　と元気になるし、これこそ「保護する者」じゃないかと胸打たれる。

この二年間、世の中は危険なことだらけだし、私は外出時のOを何かバブルのようなものに入れられたらいいのにと思っていた。昔遊んだスーパーマリオのゲームで、ピンチになったらバブルの中に入って、難局が過ぎるのを待つことができる機能があった。『風の谷のナウシカ』の原作に出てくる森の人も泡の膜に入ることができた。Oをベビーカーに乗せて外を歩いていると、その二つを思い出し、あれが本当にあったら安心なのになーとぼんやり考えてしまう。歩いている私の横をバブルに入ったOがふわふわ浮かんでついてくるイメージである。

そんな私は、『マンダロリアン』でベビーヨーダが登場した時に、これだ！　と心で叫んだ。カプセル状の、飛行するベビーベッドともベビーカーとも呼べるものにベビーヨーダが乗っていたからである。その後は改良版も登場するのだけど、これがめちゃくちゃ欲しい。私の理想のベビーカーはこれ。さらに、マンダロリアンは常に鎧《よろい》を身に纏《まと》い、決して人前でヘルメットを脱がないことになっているのだが、自衛の意味でその鎧までうらやましくなってくる。敏感肌なので現在のマスク生活にしみじみ疲れてきているところもあり、いっそマンダロリアンみたいにヘルメットをかぶったほうが楽なんじゃないだろうか。

はじめは、え、この人にベビーヨーダを任せて大丈夫なのか？　と疑いの目を向けていたのだが、ベビーヨーダがまさに一、二歳児がやりそうなことしかしないので、翻弄されるマンダロリアンにあっという間に感情移入した。自分が戦闘に参加する時に、ベビーヨーダをちゃんと信頼できる人や場所に預けるところも信用できる。人も場も、「保護する者」になっている。それにしても、それはおもちゃじゃないんだって！　といくら言っても部品で遊ぶベビーヨーダ、今はやめてくれ！　という時に限って何かに集中してしまうベビーヨーダ、疲れるとぺたんと眠り込むベビーヨーダ、食べ物にめちゃくちゃ執着するベビーヨーダ……には既視感しかなく、ベビーヨーダを見てOのようだと思い、Oを見てベビーヨーダのようだと思っている。Oと外出する時も、私の脳内イメージはベビーヨーダを抱えるマンダロリアンである。マンダロリアンとベビーヨーダのTシャツが欲しくてよくネットを見ているのだが、なかなかいいデザインのものが見つからないのが残念だ。鎧を身に纏えないかわりにそれを着て、外の世界に出ていきたいのに。

ある時、公園の滑り台でOを遊ばせていると、Oより少し大きいくらいの女の子も滑り台の上まで上がってきた。Oはまだ滑り台をちょっと恐れているので、ためらったりして、滑るまでに時間がかかるのだが、その滑り台は大きく、いっぺんに二人滑れるようになっていたので、女の子に譲ってあげる必要もなく、はーい、滑っても大丈夫だよー、と私はOに声をかけていた。Oのその感じにつられたのか、女の子もなかなか滑ることができず、子ども二人は滑り台の上でぐずぐずしていた。それを見て、私や女の子と一緒に来ていた女性が笑っていたら、彼女は友人らしき女性とそれまでずっとしゃべっていたのだけど、その女性が唐突に、

「やっぱ男のプライドがあるから、女の子と一緒には滑れないよねー」

と笑って言った。

一瞬、意味がわからず、頭が真っ白になってしまった。二歳でっせ、二歳に「男のプライド」って一体、いや、二歳じゃなくても「男のプライド」って一体、滑り台滑ってないだけで「男のプライド」って一体、と内心茫然《ぼうぜん》としていたら、子ども二人は滑るのを諦め、再び階段を下りはじめた。

Oは大きな階段はまだ前を向いて下りられないので、後ろ向きに、そろそろと這《は》うように下りるのだが、そこでもともと強そうな体格と人となりをしていた女の子がOの腕と背中あたりを、むんずと何度もつかんだ。はじめはなんだかよくわかっていなかったOは、次第に顔が歪みはじめ、泣き出した。公園での初泣かされ、だったのだが、その様子を見ていたさっき「男のプライド」と言った女性は、今度は、

「うちの子も幼稚園でいっつも女の子に泣かされて帰ってきてさあ、でも大丈夫、立派

に成長しました」

とまた笑った。

おそらく〝先輩ママ〟感を出したかったのかもしれないけれど、私はOがまだ彼女が言っていることを理解できなくてよかったなと思った。でも、これからOがもっと言葉を理解し、行動範囲が広くなっていくうちに、こういう言葉がOの中にも入ってきてしまうだろうし、私だって言ってしまうことがあるだろう。「保護する者」として、学び、見て、試行錯誤していくしかない。

最近よく感じるのは、私は今一時的にOの人生を仮どめしているだけなのだ、ということだ。Oがいろんなことを自分で決められるようになったら、その仮どめの糸をすっと抜く。すっと抜けるように、心構えをしておきたい。「保護する者」としては、そう思っている。

文庫版あとがき
その後の二年間：なんとかやってます。

『自分で名付ける』を書いてから、もう二年以上が経ったそうだ。びっくり。

この連載をしていた頃、妊娠と出産と育児という、自分の中に突然怒濤のように積み重なっていった新たな不思議について、私は書きたくて、書きたくて、たまらなかった。自分の中にあるこれを、このすべてを書き出してしまいたくて、落ち着かなかった。書いても書いても、ああ、あのことを書くのを忘れた！　と小さなことをいくらでも思い出し、単行本化する際にも校正紙にいつまでも書き足したりしていた。それでも書き損ねたことを後から思い出し、ああ、あのことを忘れていた！　とまた頭の中で残念がったりしていて、我ながらしつこかった。今、読み返してみると、Oの成長の過程のことなど、もうすっかり忘れてしまっていたこともあって、書いておいて本当によかった。書かせてくださった編集者のKさんに、改めて感謝の気持ちでいっぱいです。

せっかくなので、今日までのその後の二年間のことを、簡単にまとめてみる。

二〇二一年、コロナ禍であるのに夏季オリンピックがもうすぐ東京で開催されるという、もういいかげんにしてくれよ、とほとほと呆れ果てていたある日、相変わらず我々と生活をともにしてくれていた私の母がトイレから出てきて、出血があったと言った。私はそういう時は真っ先に病院に行ってほしいし、自分に起こった時もそうするタイプなので、すぐに近くにある婦人科に電話し、翌日の予約をとった。

結果、ステージ一の子宮体癌《がん》が見つかった。我が家は、私が学生の頃に父親が突然亡くなった以外は、残りのメンバーは誰も大きな病気をせずにここまで来ていたので、とうとう来たかと、七十代で、むしろステージ一で見つかってよかったと、前向きにとらえることにした。東京で検査をしてくれた医師は、母の家が関西にあることを知ると、じゃあその近くにある〇〇病院のほうがいいですよねと、紹介状を書いてくれた（母の家、と呼ぶと、実家ですね、と言われることがあるのだが、私の実家と呼べる家は姫路にあったけれど、その家はもう売ったので、実家はない）。

オリンピックがはじまって数日経ち、東京を中心に感染者が急増し、保健所と医療機関が逼迫《ひっぱく》しているのに、何事もないかのようにテレビで競技が放送されているのを見ていて、ちょっともうサバイブする自信がないなと、私はその場にへたり込むような気持ちで思った。Oは二歳で、マスクはまだできなかった。もともと母とOと私は、予約していた病院の診察日に合わせて関西に行くつもりだったのだが、予定を早め、西へ向かった。フリーランスになったXは仕事的に打ち合わせや取材などもあったので、東京に残って、猫の世話をしてくれることになっていた。

そんなに長い間関西にいる予定ではなかったのだが、東京の感染者数が落ち着くのを待っていたのと、母の検査の過程で、担当の医師いわく〝超初期〟の腎臓癌がさらに見つかって手術が二つになったので（腎臓癌のほうは、手術したところ、ポリープだったことがわかった）、それから数ヶ月は東京に戻らなかった。その後も数ヶ月ごとに経過観察の検査があったので、なんだかんだで、その後一年間は、東と西を行ったり来たりして暮らしていた。

私は関西にいる時は、母の家の近くにある公共施設やカフェなどで仕事をしていたのだが、繁華街から離れていることもあり、スタバで仕事するにも椅子取りゲームみたいになる東京と比べて、どこも適度に空いていて、仕事の環境的にはとてもよかった。その間、Oの面倒を見てくれていたのが、母と、一緒に住んでいる「チッチ」こと、私の弟である。

二歳年下の私の弟は、現在の社会では、「普通」の規範から外れていることになっている。障がい者手帳を持ち、現状働いておらず、家で読書をしたり、勉強をしたり、時々気の合う友人と会ったりして、暮らしている。そういう弟に対して、偏見を持ったり、態度に出したりする人は昔からいる。二年前のこのエッセイにほぼ登場しないのは、私が東京で自分の妊娠、出産、育児に必死だったのと、私が一方的に弟のことを書くのが嫌だったからだ。

けれど、この二年間は、Oとの生活に弟はかかわってくれるようになり、Oにとってはなくてはならない存在になっている。

弟は気が長いし、苛立たないので、Oが言ったり、やったりすることに、穏やかに付き合ってくれる。話し方もやさしい。

Oにも伝わるらしく、ある頃から「チッチ」と呼ぶようになり（おそらく「叔父ちゃん」の「じ」と「ち」のあたりから、「チッチ」になったのではないかと察する）、東京にいる時も、ビデオ通話中に弟の顔を見て、「チッチ～～～」とさみしさのあまり突然泣き出したり、帰ってきたばかりなのに、「チッチの家明日行く？」と、距離感を無視して聞いてきたりする。

チッチの家に行く時も、チッチがこれ好きだからとお土産を買っていこうとする。スーパーで買ったアンパンマンのグミを一つ一つシートから剝がし、手渡して食べさせてあげようとし、延々と時間がかかっても、弟が最後まで付き合ってあげているのを見た時は、この二人よ……としみじみした。

社会通念に侵入されていないOは、チッチのことを何か変だと思ったりしない。信頼しているし、大好きである。それを見られてよかった。

二〇二二年の春、三歳になったOは保育園に入園した。

世の中で言われているように、保育園の応募には、いろいろと考えさせられることがあったが（応募書類に載っている、家庭ごとの状況に点数ついている表とかさー）、我々は二年前よりも生活感の強い区に引っ越していたので、保育園に落ちる、という経験はしないですんだ。

そのために引っ越したのではなく、そろそろ引っ越したいねと話をしていたら、Xがまたちょっと変わった建物を見つけ、それが今住んでいる区にあったのだ。決め手は、一階は倉庫、二階と三階に一部屋ずつしか部屋がないので（我々は二階）、Oがどれだけ騒いでも気にしないでいいのではないかとほのかな希望を抱いたことで、実際その通りになり、めちゃくちゃ気が楽である。古いビルなので、家の構造も変わっており、ベランダは駆け回れるほど広い。上の部屋にも小学生の男の子がいて、絵本やおもちゃなどおさがりをOにくれる。お互い、どこかに遠出するたびに、お土産を渡し合っていて、それも楽しい。

また、ビルの隣の家に住む高齢のご夫婦も最初の瞬間からOによくしてくれ、庭で育てているトマトなどの野菜を収穫させてくれたりする。なんだかとても良い環境である。

そういうわけで引っ越しをして、保育園の応募をする段になってわかったのは、この区には保育園がたくさんあることだった。応募書類一式を役所でもらってきたXが、「どんどん落ちるから、書類には第六候補ぐらいまでしか書くスペースがないけれど、二十候補ぐらい書いてください」と言われたと言っていたが、二十も書くとさすがに家から遠くなってしまうので、絶対にこの中で決めてほしい、と暗に意思表示をしようと、六候補だけ書いて出したら、その中から選んでくれた。一番よかったところは外れてしまったけれど、Oが通うことになった保育園も歩いて十分くらいだし、ありがたかった。

あと、それまでに、保育園に入れたのはいいものの、いろいろな局面で「手づくり」を求められて大変だ、とSNSで書かれているのをちらほら目にしていたので不安だったのだが（以前に住んでいた区の公園で私の母が聞いた話だと、そこで出会った女性は通いはじめた保育園で、手づくりのお人形をつくってください、と言われたそうだ）、我々の保育園はホームページを開くと、正確なフレーズは忘れたが、「親御さんが新たに用意するものは何もありません！」的なことがはっきりと書かれており、入ってみれば、もちろん「何も」ではなかったのだが、手づくりのお人形をつくらせられることはなかった。

さっきOが保育園に入ったばかりの時期の写真をスマートフォンで見返してみたら、「ならし保育」の頃の写真が出てきた。最初の頃は、集団生活に徐々にならしていくために、預けても数時間後にはおむかえに行くことになる。仕事ができない、と不評だったりもするらしいけれど、私はこの「ならし保育」の時期が結構好きだった。というか、私に必要だった。心配性なので、いきなり一日中預けることになったら、大丈夫かなー、何もないかなー、とこっちの心がもたなかっただろう（ちなみに、最初のおむかえの日は、なんとなくXと二人で行ったのだが、Oは落ち着いて中から出てきたのに、私はOの姿を一目見るだに、「わー、Oちゃんだ、Oちゃんだ！」と飛び跳ねてしまった。そんな親は私だけだった）。

ぞうのぐるんぱの枕の話を二年前に書いたが、その後、あの枕はOにとって一番の安心アイテムとなり、泊まりでどこかに行く時はもちろん、何か不安に感じる時にも持っていきたがる。入園前に保育園で行われる身体検査などの日にも枕を持っていきたがり、絶対に連れていくとぐずり、結果、保育園に枕を抱きしめたまま入っていったので、これはやばい、と思った私は、枕ではない、小さなぐるんぱのぬいぐるみを次の日に買い、Oの前で、枕からぐるんぱが出てきたような動きをし、お外に行く時は小さいぐるんぱを連れていこうね、と新たな展開を足した。「ならし保育」でOをおむかえに行く前、近くの公園で時間を潰している時に、一緒におむかえに連れてきたその小さなぐるんぱを撮った写真があった。地面には桜が一面に積もっている、優しい写真だった。

三歳から保育園に通い出したOは、それまでは風邪一つ引いたことがなかったのに、一週間もしないうちに早速さまざまなウイルスの洗礼を受け、熱を出し、それ以降は今にいたるまで、定期的に熱を出しつつも、保育園に行きたがったり、行きたがらなかったりしながら、通っている。

一年目、一度落ち着いていたコロナがまた保育園で流行《はや》った時があった。私はコロナにかかった園児がいるクラスは、休むなどの対策を他の園児がとれるように、誰かは伏せるにしても、どのクラスかは教えてくれるものだと思っていた。なので、スマートフォンに配信される、コロナ感染者発生のお知らせを見ても〇を通わせていたのだが、〇が発熱したところで、それが〇のクラスだったと判明。

先生に聞いてみたところ、区の方針で、個人情報に留意して、クラスターになるまでどのクラスか教えられないことになっていて、自分たちも伝えることができないと言う。つまり、送りむかえで顔を合わせても、先生たちは知っているのに、教えてくれないことになる。個人情報というけれど、個人名は書く必要がないし、コロナ禍初期のような、コロナ感染者が差別を受けるような時期ではもうないのに、クラスさえ教えないことによって、さらに感染者が増える事態を生んでいて、あまりの不条理さに、この時はくやしくて家で泣いた。〇もコロナの検査をすることになり、結果は陰性だったけれど、検査を義務付けられていたため、熱が出るたびに、何度も検査することになって不憫《ふびん》だった。

今では、コロナウイルス以外でも、何かしらのウイルス感染者が出たら、クラス名と何名かが報告されるようになったけれど、あの時の区の方針、いまだに問いつめたい。

保育園に通いはじめて最初の夏、突如として〇が話しはじめた。それまでは、発話が遅く、健診という健診で、そのことを指摘され、別室のカウンセラーの部屋に連れていかれて、簡単なテストのようなものを受けさせられていた。

私には、こんなに小さな子どもがもう話せる、ということのほうが不思議だったのと、テストを受けている〇を見ていると、物の名前など、ここまで理解していたのか、と逆に安心するところが大きかったので、別段焦らずに、様子を見ることにしていた。意思表示はできていたし、話せなくてもわかっているな、と感じることがほとんどだったし、我々はコミュニケーションに困っていなかった。

そのあたりで保育園に投入され（「発話が遅いので絵本を読んであげてください」と、保育園の健診の担当医が書き込んだプリントを目にした時には、医師はそんなこと知らないから仕方ないのだが、どれだけ絵本読んでると思ってるんだ！　そして私の仕事はなんなんだ！　絵本も書いてるぞ！　とやさぐれたくなった）、夏を関西で過ごして、暑いのでついつい家の中でYouTubeなどを見たいままに見せていたら、ある時一気に言葉が噴き出してきた。秋になって保育園に再び通い出し、〇が急に話し出したことに先生たちも驚いていたのだが、保育園とYouTubeのおかげです、と頭を下げる私だった（最近の〇はなぜか「ユーチューブはダメ！」と自分でノーを出し、見なくなった）。

いろいろなことを学び、言葉を覚えていく過程で、Oははっきりと私を「ママ」だと認識した。それまでは特にこっちからは何も言わなかったので、ある時期は、私の母やXのことも「ママ」と呼んでいて、家の中に「ママ」が三人いた。

何がきっかけで、これが絶対に「ママ」だとわかったのかはいまいちはっきりしないのだが、Oが確信を持って私のことを「ママ」と呼ぶので、了解ですと、私も自分のことを「ママ」と言うようになった。Oに名付けられた「ママ」という名前は、Oがいろんな場面で、「ママ」「ママ」「ママ」「ママ」と連呼することもあって、Oと私の間だけのリズムを持ち、毎日新鮮で面白い。

二年経った今も、相変わらず、BTSのファンである。そして相変わらず、たくさんのフィクションに助けられているが、『マンダロリアン』に続く、共感しかない育児ドラマとして私の胸に刻まれたのは、韓国ドラマ『ムービング』である。〈大人は、子どもを、守るもの！！！！〉の精神に貫かれたこのドラマには本当に心が助けられ、ある登場人物が言う「子どもたちは計画になかった、子どもだから」という言葉をタトゥーにしようかと考えたくらいだったが、思いとどまり、心のタトゥーにした。「子どもだから」、そんなシンプルな理由が機能していない現実に暮らしていることをまざまざと思い知らされるけれど、そして私にはスーパーパワーもないけれど、このドラマに出てくる「ヒューマニズム」を持つ大人たちのように、粘り強く生きていきたい。任務だったはずなのに、生徒たちと一緒に長年過ごしているうちに、本当の先生になっていた人など、いろんな最高が詰まっているのでぜひ見てほしい。

ちょっとだけ推しドラマのことに脱線させてもらったが（そういえば、妊娠中に公開されて見られなかったリメイク版の『サスペリア』をようやく最近見たけれど、これも最高だった。ようやく妊娠期の心残りがすべて解消されたような境地である）、この二年間はとにかく新しいことばかりだった。家から保育園までの距離は十分くらいとさっき書いたけれど、ある小雨の金曜日、保育園から持ち帰ってきた荷物と傘でいっぱいいっぱいの私に0から放たれた、「だっこ」の一言に自身の限界を感じ、電動自転車デビューをしたのも、自分にとっては大きなことだった。送りむかえが楽になったこと以上に、一気に可動域が広がった。ただ、すべて合わせて十七万ほどしたので、買う前、そして買った後も、内心でびびり散らかしており、乗った後にちゃんと鍵をかけたか、それればかり考えてしまうし、毎日カバーをかけて、雨風から守っている。出張などの時も、出張先からするXへの連絡の最後に、「私の自転車大丈夫?」と書きそえてしまう。

保育園に入ると、園でジェンダーバイアスを学んできてしまうと聞いていたのだが、通い出して二年、意外とそうでもない。いつも通りその時々の、自分の中の、好き、に忠実で、たとえば、「靴はピンクじゃないとイヤなの」の時期があったり、「黄色い色をした物がいい」の時期があったり（新幹線のドクターイエローが大好き）、私と一緒におそろいのセボンスターのネックレスをして近所のおいしい中華料理のお店に行ったり、子ども用のネイルエナメルをXや私に塗ってもらって保育園に通ったりと、うきうきと暮らしている。

保育園のことはあとがきという場所にはとうてい書ききれそうになく、いつかの機会にとっておこうと思う。Oの面白さと人としてのすごさも書ききれない。Oと一緒に暮らしていて、私や他のメンバーがOを大切にしているように、Oも大人たちを大切にしてくれていると感じることが多い。これからも大切にし合って歩いていきたい。

本書は、二〇二一年七月、集英社より刊行されました。

初出「すばる」
二〇二〇年五月号〜二〇二一年三月号、五月号

本文デザイン／鈴木千佳子

集英社文庫

自分《じぶん》で名付《なづ》ける

2024年2月25日　第1刷　　定価はカバーに表示してあります。

著　者　松田青子《まつだあおこ》

発行者　樋口尚也

発行所　株式会社 集英社
東京都千代田区一ツ橋2-5-10　〒101-8050
電話　【編集部】03-3230-6095
【読者係】03-3230-6080
【販売部】03-3230-6393（書店専用）

印　刷　大日本印刷株式会社

製　本　大日本印刷株式会社

フォーマットデザイン　アリヤマデザインストア　　マークデザイン　居山浩二

ISBN978-4-08-744621-0 C0195